魔法使いの食卓

Izumi Tanizaki
谷崎泉

CHARADE BUNKO

Illustration

陸裕千景子

CONTENTS

本作品の内容はすべてフィクションです。
実在の人物、団体、事件などにはいっさい関係ありません。

東京から車で三時間。夏になると海水浴客で賑《にぎ》わう有名な観光地から、町一つ外れた山間に、穂波《ほなみ》家はある。市街地から離れた山の中は静かで、遠くではあるが自宅の居間から海が望める。抜群の環境ではあるものの、相応の苦労もあった。

最寄《もよ》りのバス停までは自転車でたっぷり二十分。それも行きは坂を下るだけなので苦はないが、延々と坂を上らなくてはいけない帰りは地獄だ。バスで市街地にある私鉄の駅までは三十分以上かかる。その上、バスの本数が限られているので、一本乗り遅れてしまえば、その日一日のスケジュールが大きく狂ってしまうほどの影響がある。

穂波家には車がないので、移動手段は徒歩、自転車、公共交通機関のみである。中でも自転車はなくてはならないものであり、毎日、皆が家から続く坂道を下って上って、通勤通学をしている。穂波家が建つ周辺には他にも民家があるが、穂波家の先にある家は一軒のみで、今は空き家となっていた。

バスが通る県道から脇へ入り、小さな集落を過ぎると、左右を雑木林に挟まれた山道となる。乗用車がなんとかすれ違える程度の細い道をひたすら上っていくと、右手に穂波家が見えてくる。集落から穂波家の間までに民家はなく、その坂道を使う人間は穂波家の三名のみだ。他は郵便配達、宅配業者などだけで、それらも途絶える夕方から早朝にかけては、住人以外は誰も通らない。

そんな坂道を一台の自転車が上ってくる。

四月半ば。桜も花を散らし、ずいぶん暖かくなってきた。日も長くなり、六時近くなってもライトなしで坂道を上れる。自転車の前かごに食料品を詰めた買い物袋を載せ、穂波瞳《ひとみ》は夕食の献立を考えながら、ペダルを踏んでいた。

瞳の勤務先は終業時刻が五時と早く、おおよそ、時間通りに仕事も終わる。片づけをして、五時十五分には勤務先を出て、帰り道にあるスーパーひよどりに立ち寄るのが瞳の日課だ。近辺では安売りの店として知られるスーパーひよどりで、その日の特売品をいろいろと買い込み、自宅へ戻るのは六時過ぎとなる。

今日、スーパーひよどりの特売品はキャベツだった。まるまるとした大きな一玉が九十八円で、瞳は迷わずキャベツをかごに入れた。これだけ大きなキャベツがあれば、いろんな料理が作れる。自宅の冷蔵庫に残っている食材を考えながら、特売の鶏《とり》むね肉のミンチも購入した。他には値引きされていた三パック五十円の納豆や油揚げなどを買い、スーパーひよどりを後にする。

帰ったらむね肉のミンチをたまねぎやにんじんで嵩増《かさま》しし、キャベツの外葉を使ってロールキャベツを作ろう。みそ汁は油揚げとわかめで、副菜は昨日の特売で買っておいた菜の花でいいだろう。苦みのある菜の花はいつも弟たちの不評を買うが、この時期、安く手に入るのだから文句は言わせない。常に余裕のない穂波家の家計を預かる瞳としては、何よりも優先させるべきは値段であった。

ロールキャベツはあっさり和風出汁《だし》で煮るか、それともトマトの水煮缶を使って、トマト風味にするか。悩みながら順調に坂を上がっていた瞳は、自宅まであと少しというところでペダルを漕ぐのを止めた。

「……」

道の真ん中に…何かがある。何かじゃない。あれは…人だ。人が倒れている。一度停《と》めた自転車を慌てて進め、その側《そば》に駆けつけた。

「……」

どう声をかけていいものか悩みつつ、自転車を停めて、道路上に俯《うつぶ》せている人影に歩み寄る。倒れているのは大柄な男性で、背中にはデイパックを背負ったままだった。顔は見えず、ぴくりともしないから、生きているのか死んでいるのかもわからなかった。

死んでいる…なんて。縁起でもないと思い、瞳は息を吸い込む。「あの」と呼びかけながら、腰を屈《かが》めて男性の様子を窺《うかが》った。

「どうしました？」

瞳の声にも男性は反応を見せず、同じ体勢で微動だにしない。これは…本格的にまずい状態なのかもしれないと焦り、男性の横に跪《ひざまず》く。様子を見るため、男性の肩に手をかけて、伏せている顔を覗《のぞ》き込んだ。

「大丈夫…」

ですか…と最後まで尋ねることはできなかった。ちらりと見えた顔が、瞳にとっては忘れられない相手のものだったからだ。ぱっと手を離し、素早く立ち上がって一歩退《ひ》くと、倒れている相手を凝視する。

俯せたままの姿を見下ろしながら、一瞬見えた顔は見間違いだろうかと、眉間《みけん》に皺《しわ》を刻んで考えた。しかし、さっきは気づかなかったけれど、このクルクルパーマは正しく、あいつだ。もう六年も前に別れたきりだから、咄嗟《とっさ》には思い出せなかった。

すっかり、自分の中の記憶は薄れていたのに。けれど、薄れはしても、消えはしない思い出だ。苦々しい顔つきで、倒れている相手を睨《にら》むようにして見ていた瞳は、「兄ちゃん」と呼ぶ声にはっとして顔を上げた。

「どうしたの？」

自転車で坂道を上りながら尋ねてくるのは、下の弟の薫《かおる》だ。この春、中学二年になった薫は、バスケ部に所属しているので、瞳と似たような時刻に帰宅することが多い。ジャージ姿の薫は瞳の足下にある人影に気づき、手前で自転車を停めた。

「な…なにっ…？　死んでんの!?」

「……」

死んで…はいないだろう。眉《まゆ》をひそめたまま首を傾《かし》げる瞳の側へ、薫は駆けつけてくる。

自分よりも背の低い兄を頼るように、恐る恐る横から倒れている男性を覗き込んだ。

「兄ちゃんも今来たところ？」

「…ああ」

「助けなくていいの？」

「……」

救護しかけたのだがやめた…とはうまく言えず、瞳は口を開かずにいた。俯せているから薫も気づいていないようだが、おそらく、顔を見れば誰だかわかるだろう。薫は八歳だった。十分に記憶のある年齢だ。

「兄ちゃん？」

「……。………面倒に巻き込まれるのも厄介だから、帰ろう」

「兄ちゃん…？」

黙っている瞳に対し、窺うように呼びかけた薫は、返ってきた兄の答えに怪訝《けげん》そうな顔になる。面倒に巻き込まれたくないからといって、倒れている人を放っておくなんて。人道的にありえない話だし、それを言っているのが瞳だから、薫には余計に解せなかった。

普段の瞳は責任感が強く、自分にも弟たちにも厳しい人間だ。三兄弟の中で誰よりも規律正しい瞳が、行き倒れている人間を助けようとしないとは、信じられない事態だった。

「何言ってんの。倒れてるんだよ？　体調が悪いのかもしれないし…死んじゃうかもよ。救急車とか…呼んであげないと」

「……大丈夫だ」

「大丈夫じゃないから倒れてるんだろ？　どうしたんだよ。兄ちゃん、おかしいよ」

「……」

助けたくない本当の理由は言えず、瞳が返答に詰まった時だ。また「兄ちゃん」と呼ぶ声がした。薫と共に振り返れば、三兄弟の真ん中、次男の渚《なぎさ》が自転車で上ってくる。

「薫も。そんなところで何してんだよ？」

高校二年になる渚は、兄弟の中で唯一、公共交通機関を使って通学しており、その帰宅時間はまちまちだ。今日は早い方で、こんな面倒に直面している時に帰ってこなくても…と、瞳は苦い気持ちになる。

しかし、瞳の本心と事情を知らない薫にとって、渚の登場は心強いものだった。早く来てくれと手招きし、人が倒れているのだと教える。

「えっ。死んでんの？」

「わからないけど…救急車、呼んだ方がいいんじゃないかな」

慌てて駆けつけてきた渚は、怪訝な顔つきで薫の隣から覗き込む。その様子を見ながら瞳は、渚も絶対に覚えているだろうなと考えていた。渚は当時、十一歳。小学校の高学年になり、ぐんと背も伸び始めていた。

難しい顔で腕組みし、瞳は渚の反応を窺うように見る。渚は倒れている相手の正体に気づく様子はなく、助けを呼ぼうと言ってきた。

「兄ちゃん。救急車呼ばないと」

「渚…兄ちゃんは…」

兄に指示を仰ぐ渚に対し、薫は困った顔で首を振った。瞳が巻き込まれたくないと言って、救急車を呼ぶのを反対しているのだと、薫が渚に説明しかけた時だ。「うう」という低い呻《うめ》き声が路上から聞こえた。

「！」

三人は揃《そろ》って身体《からだ》を震わせ、一歩退く。行き倒れていた男性はそれまで、ぴくりともせず、声も出さず、まるで死んでいるかのようだったのだが、小さく呻いた後、俯せの体勢からごろりと横になった。

伏せていた身体が横を向き、その顔が明らかになる。それを見た途端、瞳は目を見開き、渚と薫は声をあげた。

「あっ！」

「……」

間近で叫ぶ二人の声を聞いた瞳は、やはり覚えているのだと知り、渋い気持ちになる。眉間に浮かべていた皺をますます深くした瞳に、弟たちは驚いた表情で「兄ちゃん！」と呼びかけた。

「こ…この人って…！」

興奮した声があがるのと同時くらいに、横になった男がゆっくりと目を開く。弟たちから視線を外し、男を注視していた瞳は、眉間だけでなく、鼻の頭にも皺を浮かべる。いかにも嫌そうな表情は、明らかな険相だった。

なのに、目を開けた男は瞳の視線に気づいて彼を見ると、思いきり破顔した。とても嬉《うれ》しそうな…華やかな笑みを浮かべ、瞳を見つめる。

「…瞳。会いたかったです」

「……」

低く掠《かす》れた声に混じる、愛《いと》おしげな響きは瞳にとって、迷惑でしかない。すぐに戻ってきます。最後に聞いた台詞《せりふ》は今も耳の底に残っている。あれから六年。すぐなんて言葉は戯《ざ》れ言《ごと》だったと切り捨てた。…いや、淡い期待を抱き続けられるような状況ではなくなり、その存在などすっかり忘れていた。

なのに。嬉しそうに微笑《ほほえ》む顔は昔と変わっていないように思えて、自分がちゃんと覚えて

いたのがわかり、複雑な気分になる。苦々しげな表情でつく瞳の溜《た》め息《いき》は、深いものだった。

会いたかったです…と路上に倒れたまま言う相手に、瞳は顔を顰めただけで何も言わなかった。さっと背を向け、すたすたと自転車へ戻る。二人の弟が驚いた顔で見るのも構わず、自転車に跨《また》がった。

「兄ちゃん⁉」

「兄ちゃん、どこ行くんだよ？」

弟たちがなんて言おうとも、瞳は関《かか》わるつもりはなかった。もちろん、二人にも関わらせたくはなくて、厳しい口調で「帰るぞ」と言い放つ。

「な…何言ってんだよ。兄ちゃ…」

「とにかく！　さっさと帰るぞ。帰らないと飯抜きだ」

「でも…」

らしくない瞳の態度に戸惑いを浮かべ、渚も薫も動かない。瞳は微《かす》かに目を眇《すが》め、倒れたままの男の横を通り抜け、一人、自宅へと向かった。あいつらは飯抜きだ。そう決めて、ペダルを力強く踏んでスピードを上げる。

間もなくして右手に瞳たち三兄弟が暮らす穂波家が見えてきた。道はそこで突き当たりではなく、まっすぐ行けば一番奥手にある家に着く。穂波家にとって唯一の隣家は「今は」無人である。

顰めた顔でそちらを一瞥《いちべつ》してから、瞳は右手にある門扉を開け、自転車を敷地の中へ入れた。瞳が七歳の時に建てられた穂波家は、シンプルな外観の二階建ての家屋だ。景色を求めてその地を選んだだけあり、居間やキッチンは二階に位置されている。玄関の鍵《かぎ》を開け、中へ入ると、買い物してきた荷物を手に階段を上がった。

脱いだジャケットを椅子《いす》の背にかけ、キッチンへ入る。夕食用の食材を並べながら、料理に集中しようと自分に言い聞かせた。余計なことを考えていたら憂鬱《ゆううつ》になるだけだ。帰り道に決めた献立を早速調理し始める。

たまねぎとにんじんを手早くみじん切りし、ボウルに入れた鶏むね肉の挽肉《ひきにく》や卵と合わせる。その際、さらなる嵩増しを狙《ねら》って、お麩《ふ》を細かくしたものも混ぜていく。瞳が本格的に家事を始めたのは六年前だが、それ以前からも多忙な母を手伝っていた。決して料理上手ではなかった母よりも、当時から瞳の方が腕前は上だった。

ロールキャベツのたねを作るのと同時にお湯を沸かし、キャベツの外葉を軽く茹《ゆ》でる。春のキャベツは柔らかいから、さっと取り出してざるに上げておく。同じお湯で副菜の菜の花も湯がいてざるに上げた。つやつやとした緑色の菜っ葉は春の匂《にお》いを感じさせてくれる。

芥子醬油《からしじょうゆ》で食べるか、ごま風味のドレッシングで和《あ》えるか。味つけを考えながら、茹でたキャベツの葉が冷めたのを確認し、作ったたねを載せて巻き始めた。弟たちは飯抜きだと思ったものの、それなりの材料を買ってきているから、機械的にロールキャベツを作っているうちに、自分一人ではとても食べきれない量ができていた。

「……」

大きな皿いっぱいにできたロールキャベツを横目に見ながら、瞳は鍋《なべ》を取り出した。弟たちを本当に「飯抜き」にするならば、冷凍しておいた方がいいか。それとも…と考えた時だ。バタンと階下から大きな物音が聞こえた。

「…?」

渚と薫が帰ってきただけにしては騒々しい物音だ。怪訝に思いつつ…悪い予感も抱きながら…瞳が鍋を手にしたまま、キッチンから顔を覗かせると…。

「瞳！」

「っ‼」

階段を駆け上がってきた相手に、いきなり抱きしめられた。路上で行き倒れていたとは考えられない勢いだった。あまりに突然で文句を言う暇もなかった瞳は、しっかり抱きついている相手に大声で怒鳴る。

「は…離せっ…！　な…何するっ…」

「ごめんなさい…。何も知らなくて……まさか、パパとママが……」

死んでしまったなんて…と言う声は掠れていて、耳元に相手の口があるというのに、聞き取れないほどだった。相手が本当に心から哀《かな》しんでいるのが、直接伝わってくる気がして、億劫《おっくう》になる。

瞳は鼻先から大きく息を吐くと、改めて、自分から離れるように求めた。

「…とにかく、離れろ。ひっつくんじゃない」

「瞳…」

諭すような口調に、相手はゆっくりと瞳を解放する。それでも離れ難い様子で、腕に触れたままの手を、瞳は鍋で振り払った。そして、再度息を吐き、間近に立っている男を見上げる。

瞳は成人男性としては小柄な方で、身長は百六十五センチほどだ。しかし、男の身長は百八十五近くある。先ほどは路上に倒れていたし、顔を確認した程度ではっきりとは見なかったが、こうして目の前に捉《とら》えてみると、六年という年月が感じられた。

体格はほとんど変わっていないが、顔つきはシャープになった。くるくるとウエーブのかかった髪は以前よりも伸びている。高い鼻筋、すっと切れた眦《まなじり》、淡い茶色の瞳。ハーフだという相手の魅力は、おそらく、どんな女性も虜《とりこ》にしてしまえるだろう。

向こうから見れば、自分も変わったのだろうか。そんなことを頭の隅で考えながら、瞳は瞬《まばた》きもせずに見つめている相手を、仏頂面で叱《しか》りつけた。

「人の家に勝手に入ってくるな」

「…瞳。お願いです。話を…」

「聞くつもりはない。出ていけ」

眉間に皺を刻んだ険相できっぱりと言い、背を向けて再びキッチンへ入る。鍋をガスレンジの上へ置き、ロールキャベツを中へ並べようとすると、家が壊れそうな勢いで階段を駆け上がってくる音が響く。同時に、「兄ちゃん！」と呼ぶ声が二重奏で聞こえてきた。

「あっ…仁《じん》くん、ここにいたんだ？」

「兄ちゃん、仁くんだよ！　仁くんが帰ってきたんだよ」

穂波家のキッチンは居間と対面する形になっており、カウンターで仕切られている。そのカウンターの前に、弟二人は瞳の視界を覆うように立つ。小柄なのは長男だけで、下の二人は体格がいい。瞳は小柄だった父に似て、渚と薫は大柄だった母に似た。二人揃って目の前に立たれるだけで圧迫感を覚え、瞳は眉をさらにひそめる。

「おい、そんなところに立ってたら邪魔だ。飯、食うつもりだったらさっさと着替えてこい」

「兄ちゃん。仁くんが久しぶりに帰ってきたのに、なんで無視すんだよ？」

「ていうか、兄ちゃん、怒ってんの？」

不思議そうに聞く弟たちには答えず、瞳は着々とロールキャベツを鍋に並べていく。作ったものをすべて詰め込み、水をひたひたに張り、火にかける。コンソメスープの素を入れてもまだ弟たちが立っている気配に苛《いら》つき、顔を上げると、目の前の大男が一人増えていた。

「……」

出ていけと言ったのに、聞いていなかったのか。ますます顔を顰め、瞳は男を…かつて、隣家の住人であった仁を睨みつけた。自分と仁との間にあった秘密を、弟たちは知らない。自分がこうして頑《かたく》なな態度を取っている意味もさっぱりわからないに違いない。二人にとって仁は、懐かしい隣のお兄さんというところだろう。

ある日、突然、いなくなってしまった仁を惜しみ、戻ってこないかなあと毎日口にしていた。それがなくなったのは…。

「…！　兄ちゃん、鍋！」

二人の目前で、仁に対しどう言ったものかと悩んでいた瞳は、薫の指摘にはっとしてガスレンジを見る。火にかけていた鍋が沸騰し、ぐらぐらと煮立ってしまっていた。慌てて火を細め、大きな溜め息をついてから、弟たちと並んで立っている仁を見た。

「…出ていけと言っただろう」

「瞳。お願いです。約束を破った俺のことを瞳が怒っているのはもっともですが、どうか許してください」

「約束を破ったとか、そういうことを怒ってるんじゃない！」

勘違いしている様子の仁に対し、声を荒らげてしまってから、瞳ははっとした。渚や薫が目を丸くして見るのを気遣ったわけではなく、仁が「そういう性格」であるのを、改めて思い出したからだ。

そうだ。こいつには何を言っても無駄だった。だからこそ、こうして六年も経《た》った今頃になって、自分の前に姿を現したに違いないのに。

「……」

なんて言えばいいかわからなくて、瞳は難しい顔で頭を掻《か》いた。そんな苦々しい表情を見て、仁は「ごめんなさい」と頭を下げる。

「まさか…パパとママが亡くなっているとは思わなかったのです。本当に残念です。…また出直します」

「二度と来るな」

しゅんとして、肩を落とす仁に対し、瞳の言いようはとてもきつく感じられた。それを聞いた渚と薫は、強い口調で「兄ちゃん！」と諌《いさ》める。仁は自分を庇《かば》おうとする二人に「いいんです」と小さく微笑んで言い、すごすごと居間から出ていった。

「兄ちゃん、あの言い方はないよ。せっかく訪ねてきてくれたんだよ？」

「うるさい。さっさと着替えてこいと言っただろう」

非難する薫を瞳が冷たく切り捨てると、渚は黙って玄関へと下りていった仁の後を追いかけた。続いて、薫も目の前からいなくなる。一人になった瞳はガスレンジの前で腕組みをしたまま、くつくつ煮える鍋をじっと見つめていた。

間もなくして弟たちは戻ってきたが、それぞれが居間に置いていた荷物を手にすると、一階へと下りていった。渚と薫の部屋は一階にある。着替えを済ませて戻ってきた二人は、瞳の機嫌を窺うように、無言で食事の準備を手伝い始めた。

菜の花の芥子醤油和えに、コンソメ風味のロールキャベツ、みそ汁にご飯。トラブルを目の前にしながらも手際よく瞳が用意した料理が食卓に並ぶ。三人揃って席に着き、瞳だけが「いただきます」と手を合わせて、ご飯を食べ始めた。

明らかに普段とは違う様子の長兄に、弟たちは困った気分でいたが、食事を半分ほど食べたところで、薫が先に声をかけた。

「…兄ちゃん。仁くんと喧嘩《けんか》別れでもしてたの？」

「……」

「仁くんは兄ちゃんや俺たちと会えて嬉しいって喜んでたぜ？　それに、父さんや母さんが死んだのも知らなかったみたいで、話をしたら、兄ちゃんを心配して、倒れてたのにいきなり駆け出したんだよ。本気で哀しんでくれてたのに」

「……」

薫の拙《つたな》い問いはともかく、渚の話は少しだけ瞳の心を打った。仁が両親の死を悼んでいるのは本当だろう。仁は亡くなった父と母をとても慕っていた。パパ、ママと呼び、いつの間にか穂波家に居着いていた仁を、両親の方も可愛《かわい》がっていた。

それは小学生だった弟たちよりも、瞳の方がずっとよくわかっている。けれど、何も答えられなくて、瞳は無言で食事を続けた。そんな瞳の態度に、渚と薫は諦《あきら》めをつけ、それ以上は言わなかった。

会話のない夕食は早々に終わり、片づけを薫に任せて、瞳は洗濯物を取り込んだ。二階の方がよく日が当たるので、居間から続くテラスデッキに洗濯物を干している。スリッパを履いてデッキに出ると、やはり気になってしまい、西側の手摺《てす》りから身を乗り出して隣の様子を窺ってみた。

「……」

かつて仁が住んでいた隣家はずっと無人だった。敷地が広く、庭の木々も多いため、二階からでも建物の屋根くらいしか、窺えない。追い出された仁はどこへ行ったのか。隣の家に戻ったのか。しかし、電気やガス、水道といったライフラインは止められているはずだし、長い間、放置されていた家はすぐに暮らせるような状況ではないだろう。

「……」

そもそも、仁はどこからやってきて…そして、あの道で行き倒れていたのか。気になるところではあるが、拒絶した自分が心配することではない。そう思い、瞳は手早く洗濯物を取り込んでしまうと、屋内へと戻り、鍵をかけた。

穂波家の夜は早い。八時には食事も済み、入浴を順番に済ませてそれぞれの部屋へ戻る。電気代節約のため、テレビは必要以外の番組は見ない決まりとなっている。入浴もガス代を浮かすためにまとめて入ってしまうので、早い時間に就寝準備が整う。

学生である渚や薫はその後、深夜過ぎまで自室で勉強をするが、瞳はしばらく読書した後、十時には寝てしまう。瞳は自分や弟たちのために弁当を作っているので、早朝に起きなくてはいけないから、就寝時間も早かった。

その日も瞳は十時前にはベッドに入った。しかし、予想していなかった再会が頭にひっかかって、どうしても寝つけなかった。何度も寝返りを打ったりして眠ろうとしたが、時間だけが刻々と過ぎていく。

「……はあ…」

時計の針が十二時を回った時、瞳は諦めをつけてベッドを出た。瞳の部屋は二階の居間と繋《つな》がった位置にあり、その窓からは隣家の屋根が見える。カーテンをよけ、真っ暗な表をしばらく見つめた後、部屋を出た。

キッチンへ向かい、グラスに水を注いで一口飲んだ。階下へ続く階段を覗き、一階の様子を窺う。物音はせず、弟たちはすでに眠った様子だ。どうするか。しばらく悩んだが、このまま気にしていたら、朝まで眠れない気がした。

明日も仕事だし、一睡もしない状態ではちゃんと働けない。瞳は覚悟を決めて、キッチンの電気を消すと、足音を忍ばせて一階の玄関へと下りた。渚と薫が使っている部屋は、浴室と廊下を挟んだ向こうにある。二人に気づかれないように、息を潜めて玄関を開け、外へ出た。

穂波家の周囲には他に民家はなく、外灯もないので、夜は真っ暗だ。そっと門扉を開けて、外へ出る。家の前の道を右へ少し進めば、すぐ隣家の門に突き当たる。瞳がそこを訪れるのは本当にしばらくぶりで、暗闇《くらやみ》しか見えない門の向こうを立ち止まって見つめた。

瞳がここに引っ越してきた時、隣は無人だった。両親が家を建てると決め、土地を購入した時に地主から聞いた話では、大きな屋敷だけでなく、その背後に広がる山も隣家の持ち物らしいということだった。

噂《うわさ》では東京の資産家が持ち主で、時折、別荘として使っていたようだが、もう十年以上見かけていない。おそらく、誰も越しては来ないだろうから、静けさは保証します。そんな不動産屋の言葉通り、子供だった瞳から見ても、鬱蒼《うっそう》とした雑木林に囲まれた隣家は、人が住めるかどうか怪しいほどのあばら屋となっていた。

ただ、元々は立派な洋館だったのだろうというのは窺えた。二階建ての家屋は横浜あたりにある外国人向けの居住区だった地区によく見られるような、洋風の建物だった。しかし、だからこそ、手入れもされていないとホラーちっくな雰囲気が濃厚になる。

「…お化け屋敷だな…」

無人の隣家に危ないから近づいてはいけないと、両親は瞳に教えた。賢くて物わかりのいい子供だった瞳は、その教えを忠実に守った。それから十年以上、一度も隣を訪ねなかった瞳が、初めて足を踏み入れる原因を作ったのは…渚と薫だった。

「あいつらは……なんで昔から…」

瞳と七歳違いの渚は、ここへ引っ越してきて間もなく生まれた。それから三年後、薫が生まれ、共働きの両親に代わって瞳は歳《とし》の離れた弟たちの面倒をよく見ていた。それも、薫が小学校に上がる頃には少なくなり、二人だけで遊ぶようになっていた。実際、高校へ進学した瞳は忙しくなり、中学の時と比べて家にいる時間も少なくなっていた。

自分の目がないところで、二人が隣に入り込み、探検ごっこをしていたと瞳が知ったのは、高三になった春だった。家で勉強をしていると、弟たちが血相を変えてやってきた。兄ちゃん、お化けがいる！　二人して真剣な顔で訴える内容が、瞳は最初、さっぱりわからなかった。

叱られることよりも、恐怖の方が先に立った二人は、隣に無断で入り込み、遊んでいたのを告白した。穂波家の庭は隣家のそれと接しているのだが、生け垣の一部が崩れており、弟たちはそこから出入りしていた。隣の家に誰かいるんだ。見たんだ。白い影がふらふらしてたんだ。泣きそうな顔で言う渚と、実際、泣き出してしまった幼い薫を、瞳はまずきつく叱った後…入っちゃいけないと言っただろう！　…見間違いだと、切り捨てた。

誰かが越してきたという話は聞いてないし、実際、見てもいない。隣へ続く道は穂波家の前を通る、一本道しかない。引っ越してきたのならば、なんらかの気配がするはずだ。だが、弟たちは「絶対にいた」と譲らず、お願いだから確認してくれと兄に頼んだ。

それがあまりにしつこく、言い聞かせても納得する様子はなかったから、瞳はしぶしぶ腰を上げた。弟たちに案内され、庭から隣の敷地へと入った。こんなところから出入りしていたのかと呆《あき》れ、二度とするなと注意しながら、荒れ果てた庭を進み、洋館へと近づいた。

そして…。

「……」

瞳は深い溜め息をつき、門に手をかけた。施錠されていたら、昔のように庭から回って入るつもりだった。しかし、鍵はかかっておらず、ギイという軋《きし》んだ音を立てて細く開いた門に対し、もう一度溜め息をつく。

やっぱり…と思いつつ、瞳は門の隙間《すきま》から中へ入った。十五メートルほど離れたところに建つ洋館に明かりが点《とも》っている様子はない。それでも、瞳は静かに建物へ近づいていった。暗すぎてよくわからなかったが、久しぶりに見る建物は、さらに荒廃したようだ。

かつて、怯《おび》える渚と薫を連れて訪ねた時も、十分なおんぼろ屋敷だった。こんなところに誰がいるっていうんだ。お化けなんているわけないだろう。めんどくさそうに言う瞳の後ろに、弟たちはぴったりくっつき、それでも見たのだと言い張った。

あの時も……あいつは電気もガスも水道も通っていない家にいた。古いとか不便とか、こんなところには到底住めないとか、普通の人間にあるはずの感覚が、あいつにはない。瞳は改めて仁の人となりを思い出しながら、洋館の玄関へ続く階段を上がる。

玄関も門と同じく、鍵はかかっていなかった。最初から…仁が姿を消した六年前から…かけられていなかったのか、最近開けられたのか、どちらなのかは瞳には判断できなかった。重いドアをゆっくり開け、家の中へ入ると、埃臭《ほこりくさ》さとかび臭さが鼻を突く。マスクを持ってくるんだったと思いながら、袖《そで》で口元を塞《ふさ》ぎ、奥へ進んだ。

こんなところにいるはずがない。どこか別の場所へ帰ったんだろう。そんな考えも少しだけあったが、大きくはならなかった。真っ暗な廊下を慎重に…手探り状態で進み、居間へ向かう。一歩進むたびに床板が軋んだ音を立て、抜けてしまわないかと心配になった。

広い居間へ出ると大きなガラス窓がいくつもあるせいか、外からの光がわずかに差し込み、廊下ほどの暗闇ではなかった。昔とまったく変わっていない。明るくなれば、積もった埃だとか、褪《あ》せた絨毯《じゅうたん》やカーテンが過ぎ去った時間の長さを教えてくれるのだろうが、闇が上手に隠してくれていた。

だから。ソファを覗き込んだ瞳はデジャビュを覚えて、立ち眩《くら》みがした。まるで昔に戻ったみたいだ。眉間に深い皺を刻み、真っ暗闇の埃臭い家ですやすやと眠っている仁の寝顔を睨みつける。よくもこんなところで熟睡できるなと心の中で悪態をつき、ソファの前へ回り込んだ。

腕組みをしたまま、しばらく見下ろしていたが、仁が気配に気づいて目覚める様子はない。瞳は諦め、「おい」と声をかけた。

「おい、起きろ」

二度呼びかけると、ようやく仁の耳に届き、ゆっくり目が開いていく。瞳の姿を見つけた仁は、嬉しそうに笑い、腕を伸ばした。

「瞳…」

危険を察知した瞳がさっとよけると、仁はソファから転がり落ちた。どさりと重い音がして、埃が舞うのが暗闇でもわかる。瞳は嫌そうに目を眇め、仰向《あおむ》けになる仁を見つめた。まったく、こいつは変わっていない。

こうやって捜しに来てしまったこと自体、「負け」なのかもしれない。無視できない自分に内心で溜め息をつき、瞳は床に寝転がったままの仁に、険相を向けた。

「…お前が俺との約束を守るなら、今晩だけ、うちに泊めてやる」

「…約束…ですか?」

「ああ」

「約束なんてしなくても、瞳の言うことなら、なんでも聞きます」

起き上がりもせず、仁は優雅な笑みを浮かべて言うけれど、信用はできない。自分と仁の常識が大きく…いや、仁の常識が世間一般から大きくずれているのは、過去に経験済みだ。

瞳は仏頂面を酷《ひど》くして、「そう言うなら」と続けた。

「絶対に聞けよ」

「はい」

「まず第一に、俺に触るな」

一番最初に、必ず、守らせなくてはいけないことを口にすると、仁はすっと笑みを消した。真面目な顔になり、微かに眉をひそめる。

「それは…難しいですね」

「なんでも聞くって言ったじゃないか」

「でも、俺は…瞳を愛しているので…」

「第二に! そういう発言も禁止だ! 愛してるとか、好きだとか、恋愛感情が含まれるような発言は一切するな!」

「どうしてですか？」

不思議そうに…そして、哀しそうに聞き返す仁を、瞳は苦虫を嚙《か》みつぶしたような顔で見た。六年も姿を消しておいて、何を言っているのか。仁の中では六年という月日はなかったも同然なんだろうか。うんざりするような思いと共に、複雑な感情が湧《わ》き上がる。

六年も経てば、赤ん坊だって小学生になる。人の心が変わるのにも、十分な年月だ。けれど、仁がわかっていないのは容易に想像がついて、瞳が言葉を探して頭を掻いた時だ。床に寝転んだままだった仁が、突然起き上がる。

「瞳！」

「⁉」

驚く瞳の前で、仁はすっくと立ち上がった。目を丸くする瞳にぐいと詰め寄り、真剣な顔で尋ねたのは…。

「まさか……まさかとは思いますが…俺の他に…好きな人でも…？」

「……」

だから！　大声で言い返したかったが、啞然《あぜん》とする気持ちの方が大きくて、声が出なかった。俺の他にって…。自分の話は絶対、仁の耳には届いていない。そう確信し、言ったばかりなのに、手を伸ばしてくる仁を冷淡に拒絶する。

「触るなって言ってるだろう！」

「あ…ごめんなさい。つい…」

「とにかく！　約束が守れないのなら勝手にしろ」

俺は帰る…と睨みながら言う瞳の前で、仁は両手を上げて、「わかりました」と返事した。

神妙な顔には何か言いたげな表情も混じっていたが、口は開かない。じっと見つめてくる仁に対し、瞳は息を吸って、約束の内容を繰り返した。

「いいか。俺に触るな。好きだとか、そういうふざけたことは言うな。…特に、渚と薫の前では気をつけろ」

「…それは…前と同じですね？」

「前よりももっとだ。あいつらはもう子供じゃない。なんでもわかる年頃なんだ。…お前のせいで、俺までおかしく思われたくない」

「おかしい…ですか？」

「十分に！」

困った顔で首を傾げる仁に、瞳はきっぱり言いきった。仁が「おかしな」人間であるのは、身をもって知っている。いつの間にか隣家に住んでいた仁と、弟たちの探検ごっこが縁で知り合ってしまってから、突然いなくなるまでの半年と少しの間。仁と…ずっと一緒にいた。良くも悪くも、一生の思い出に数えられるような時間だったのは事実だ。

仁が消えてから六年。自分はもう二十四になった。好奇心に惑わされるような子供じゃない。過去に対する後悔もある。深い溜め息をつき、瞳は「行くぞ」と渋い口調で言い、背を向ける。

「どこへですか？」

「うちに決まってるだろう。約束を守るなら泊めてやると言ったじゃないか」

出ていけと怒鳴って追い出したのは数時間前のことだ。自分でも勝手だと思うけれど、もやもやした気持ちのままでは眠れなかった。関わりたくないと…思っているのに、泊めるなんて。矛盾する自分の気持ちは説明のしようがないものでもあり、瞳は暗闇の中を足早に玄関へ向かう。

ぎしぎしと鳴る床板の音が、仁がついてきているのを教えてくれる。今晩だけは泊めてやるが、朝になったら追い出そう。固く決心して、仁を連れた瞳は、真っ暗なおんぼろ屋敷を後にした。


弟たちには気づかれたくなかったので、仁にも静かにするよう言い、家に入った。二階へ上がり、居間のソファで寝るように勧める。

「ほら、毛布。…ったく。四月とはいえ、夜は冷えるじゃないか。あんなところで何もなしで寝てたら風邪《かぜ》ひくぞ」

「…瞳は相変わらず、天使のように優しいですね」

「だから。そういうことを言うなと言ってる」

「これもだめですか？」

眉をひそめる瞳を見て、仁は哀しげに項垂《うなだ》れた。容貌《ようぼう》だけはとてもいい仁がそういう態度を見せると、いかにも哀れに見えるのだが、同情してはいけないのは経験上わかっている。

自分に過去の教訓を言い聞かせて、瞳は毛布をソファの上に投げ捨てた。

「俺は明日も仕事で、朝早いんだ。お前もとっとと寝ろよ」

「仕事って……瞳もパパが働いていた病院に？」

「……」

仁の問いかけが小さく胸に刺さる。渚と薫は、両親が亡くなったのを報《しら》せたようだが、それ以上の話はしていないのだろう。敢《あ》えて話すつもりはなく、瞳は答えずに居間の隣である自室へ向かった。

扉を閉め、一人になると大きく息を吐いて、ベッドに入った。時刻は一時半を過ぎている。いつもよりも大幅に睡眠時間が少なくなってしまった。頭を悩ませる厄介事が消えたわけではないが、不要な心配はなくなった。なんとか眠りについたものの、六時にセットしてある目覚ましはすぐに鳴った。

「……」

毎日、八時間は眠る瞳にとって、睡眠時間を削られたのは辛《つら》く、ベッドを出るのが辛かった。それでも気合いで起き出し、着替えを済ませて部屋を出る。居間のソファでは仁が毛布を被《かぶ》ってすやすやと眠っていた。

「……」

居間にはテラスデッキに続く大きな窓があり、そこから明かりが差し込んでいる。室内が薄明るくなっても、仁が目を覚ましそうな気配はなく、瞳はその寝顔をしばし見つめた後、キッチンへ入った。

炊飯器はタイマーでセットしてあり、キッチンにはほのかに米の炊けた匂いが漂っている。冷蔵庫から朝食と弁当用の食材を取り出し、準備を始める。弁当用に昨夜《ゆうべ》、豚の細切れ肉を生姜《しょうが》と醤油、みりんで漬け込んでおいた。たまねぎとにんじんを薄切りにして、味つけした肉と一緒に炒《いた》めていく。同時に、朝食用のみそ汁を作り、三人分の弁当箱を並べておいた。

体格の差もあるのか、年齢の差か、渚と薫は瞳の倍近く食べる。ノートの大きさほどもある弁当箱にぎゅうぎゅうと炊き上がったご飯を詰め、その上に野菜炒めを載せる。働き手が一人しかいない穂波家には経済的な余裕がない。それでも弟たちにお腹《なか》を空《す》かせてはいけないと、白米をけちることはしないが、おかずはたいてい一品である。

まだ湯気の出ている弁当を冷ます間に、朝食の用意に取りかかった。穂波家の朝食は、ご飯にみそ汁、納豆という献立に、もう一品加えるのが基本だ。今日は卵焼きとブロッコリーで、ボウルに卵を割り入れていると、階下から足音が聞こえてきた。

「兄ちゃん、おはよう〜。あー…腹減った」

珍しく自分で起きてきた薫が、挨拶《あいさつ》と同時に腹が減ったと訴える。呆れた気分で挨拶を返し、渚を起こしてくるように命じた。

「もう起きてた。顔洗ってる」

「じゃ、手伝ってくれ」

フライパンを火にかける瞳の横で、薫はブロッコリーを洗い、手際よく食べやすい大きさに切っていく。瞳ほどではないが、薫も料理が得意だ。対して、渚は不得手で、穂波家で食事の用意をするのは、瞳と薫だ。

「おはよう。兄ちゃん、牛乳飲んでもいい？」

「一杯だけだぞ」

二階へ上がってきた渚が聞くのに、瞳はすかさず量を制限する。でなければ、一パック飲み干されるとわかっている。渚は神妙な顔で頷《うなず》き、棚から取り出したグラスに牛乳を注ぐ。それを一息で飲み干し、新聞を取ってくると言い、再び階下へ下りていった。

「できたぞ。ご飯とみそ汁、頼む」

「了解」

瞳は焼き上がった卵焼きを、皿を並べて盛りつける。その横で薫が茶碗《ちゃわん》にご飯をよそい、みそ汁を注《つ》いだ。対面にあるダイニングテーブルへそれらを運び、二人で手分けして朝食の準備を終えると、新聞を手に渚が戻ってきた。

「朝はまだ寒いよな。お茶、入れる？」

「ああ」

両親が亡くなってから、なんでも三人で協力してこなしてきた。連携よく食卓を整え、それぞれの席に着いた。渚がお茶を湯飲みに注いで配ると、兄弟揃って手を合わせる。

「いただきます」

箸《はし》を手にし、朝食を食べ始めてからすぐだった。薫が「わっ！」と突然大声をあげた。

「な…なんだよ？」

「どうした？」

「じ…じ…仁くん⁉」

目を丸くして薫が見る先は、ダイニングテーブルから少し離れた場所にある、居間のソファだった。いつの間にか目を覚ました仁が、ソファの背に顎《あご》を載せて、窺うように見ている。薫の声で仁の存在に気づいた渚も、驚いた様子で「仁くん⁉」と呼びかけた。

「おはようございます」

渚と薫の声に対し、仁はにっこりと笑って挨拶をする。瞳はそれを横目で見てから、再び朝食を食べ始めた。なんでもないような顔で箸を動かし始めた兄に、弟二人は興奮した顔で

理由を聞く。

「な…なんで、兄ちゃん？」

「出ていけって追い出したじゃんか」

「……うるさい。早く食え。遅刻するぞ」

自分の中にある複雑な思いは、渚と薫にとても説明できない。ぼそりと不機嫌そうな顔で二人を叱り、忠告する。瞳からは重ねて尋ねるのを許さない雰囲気がありありと出ていて、渚と薫は諦めて、仁を見た。

「仁くんもご飯食べる？」

「いいんですか？」

「もちろんだよ。用意するから…こっちにおいでよ」

仁を誘いながらも、二人は瞳の反応を窺っていた。きつく叱られるかと思ったが、瞳は何も言わずにご飯を食べている。それを了承と捉え、渚が席を用意し、薫はキッチンへ向かった。

「嬉しいです。…実は…美味《おい》しそうな匂いだと思って、目が覚めたんです」

「腹減ってたの？」

「はい」

にこにことした顔で頷き、仁は渚に勧められるまま、瞳の前の席に腰を下ろした。瞳としては不本意だったが、六人掛けのテーブルで、仁だけ離れて座れとも命じられない。前に座られると、かつてそうやって何度も食事した記憶が甦《よみがえ》り、嫌になった。

仁を見ないように意識しながら、瞳は普段よりも早いペースでご飯を食べる。薫は仁のためにご飯とみそ汁、納豆を運んでくると、目玉焼きでも食べるかと聞いた。

「いいえ。これで十分です。納豆、久しぶりで嬉しいです」

用意をしてくれた薫に深々と頭を下げ、「ありがとうございます」と礼を言う。昔からだが、仁の日本語は誰に対してもとても丁寧で、その外見や態度も合わせて、不快に思う人間はいない。逆に好印象を抱く者の方が多くて、瞳の両親はその代表格だった。

仁を息子同然に可愛がっていた。突然いなくなってしまった時は、心底哀しんでいた。あまり昔のことは思い出したくないのに、仁がいると、どうしても記憶が甦る。瞳はさっさと食べ終えた食器を重ね、席を立った。

「…あ、兄ちゃん。俺、今日朝練ないから洗うよ」

「…任せた」

シンクへ食器を運んだ瞳に、薫が声をかける。その場を離れたかった瞳は、後を任せて一階にあるランドリールームへ向かった。毎晩、洗濯機のタイマーをセットしている。すでに洗い上がっていた洗濯物をかごに入れ、二階へ戻ると、弟たちは仁と賑やかに話しながら食事をしていた。

「……」

その横を通り、テラスデッキへと出る。通りすがる一瞬、三人は気遣うように話をやめたけれど、テラスに出たら元通り楽しそうな話し声が聞こえてきた。ガラス戸を閉めたから、何を話しているのか、内容までは聞き取れない。

一つ溜め息をつき、瞳は洗濯物を干し始めた。渚と薫が仁を歓迎する気持ちはよくわかる。小学生だった当時も慕っていたし、六年という年月が経って再会した仁は、以前とは違った意味で好感を抱く相手だろう。

仁はいつだってにこにこと、丁寧に相手の話を聞いて、応《こた》える。浮世離れした容貌とは対照的に、言葉遣いも態度も腰が低い。仁との間に余計な過去がなければ……仁が自分に対して厄介な想《おも》いを抱いてさえいなければ、瞳だって再会を喜べた。

久しぶりだな、元気だったか、どうしてたんだよ？　そんな言葉も向けられないのは、仁が自分を「愛している」からで、それを成長した弟たちに知られたくないからだ。

まだ以前は子供だったからよかった。兄ちゃんは仁くんと仲がよくていいなあ…なんて羨《うらや》ましがられても、ぶっきらぼうな言い方一つで、ごまかせた。けれど、高校二年と中学二年になった二人に、万が一にも疑いを抱かせるようなことがあってはならない。

突然、姿を消した仁のことを、渚と薫はずいぶん心配していた。しかし、その後、穂波家を襲った不幸により、自然と仁の存在は消えていった。余裕のない生活に追われ、瞳だって、思い出すこともなくなっていたのに。

ああ、厄介だ。小さく呟《つぶや》き、瞳は洗濯物を干し終える。鼻先から息を吐いて顔を上げると、すっきりと晴れた空は憎いくらい、真っ青だった。


瞳が洗濯かごを手に室内へ戻ると、三人は食事を終えており、キッチンで薫が洗い物をしていた。仁と渚はダイニングテーブルでまだ話をしている。時計は七時を指しており、渚が出掛けなくてはいけない時刻だった。

「渚。そろそろ出ないとバスに遅れるぞ」

「あっ、本当だ。ごめん、仁くん。バスの時間があるから、行くわ。また帰ってきたら…」

薫を手伝うため、キッチンへ入った瞳は、渚の言葉に耳を留める。また？　怪訝な顔つきになって、ダイニングテーブルの方を窺い見ると、仁が微笑んで渚にいつ帰ってくるのかと聞いていた。

「渚は高校から何時頃帰ってくるのですか？」

「今日は…五時まで補習で、その後生徒会の仕事を手伝わなきゃいけないから…七時頃になるかも。…兄ちゃん、先に夕ご飯食べてて」

「…わかった」

ついでみたいに報告してくるのが気に入らなかったけれど、それよりも仁のことが気にかかり、文句は言わずに頷いた。渚は瞳が用意した弁当と水筒を手に、慌ただしく出掛けていく。それに続くように、洗い物を終えた薫が手を拭《ふ》きながら言う。

「俺ももう行くわ。先生に頼まれてた用があるんだった」

「わかった。気をつけてな」

「仁くん。俺は六時には帰ってくるからさ」

薫も渚と同じように「帰ってきたら」というような言葉を仁に残し、出掛けていく。弟たちがいなくなり、仁と二人になった瞳は、眇めた目でダイニングテーブルの方を見た。

「どういうつもりだ？　取り敢えずは泊めてやったが、うちに置いてやるつもりはないぞ」

「わかっています。ちゃんと向こうに戻りますから…」

「向こう？」

「隣です」

にこにこしたまま仁が答えるのを聞き、瞳は盛大に顔を顰める。電気も通っていないあばら屋に戻るというのは……。ここら辺でしっかり確認しておかなくてはいけないと覚悟を決め、瞳は腕組みをして仁を睨んだ。

「…お前は…これから隣に…住むつもりか？」

「はい」

「本気で？」

「ええ」

あんな廃屋同然の家に…と怪訝に思うよりも、仁は本当に戻ってきたらしいという事実が、瞳の心を憂鬱にさせた。つまり、これから隣の住人としてつき合わなくてはいけないのだ。今さら、距離を置いたつき合いはできないし、瞳がそうしたくても、弟たちは違うだろう。

難しい顔で溜め息をついた瞳は、ふと気づき、顔を上げた。そういえば…。

「おい。そういや、お前の…」

瞳が問いかけると同時に、家の電話が鳴り響く。朝から電話なんて珍しいと思いながらも、瞳はキッチンを出て、居間にある電話を取った。

「はい、穂波です」

『おはようございます、渋澤《しぶさわ》です。瞳くん、不良品の連絡が入ってるんで、できれば早めに来てくれるかな』

「え…本当ですか？　はい、すぐに行きます」

電話をかけてきたのは瞳の勤め先である、渋澤製作所の社長だった。呑気《のんき》な口調ではあるが、内容は急を要するもので、瞳は慌てて返事をして通話を切る。急いで出掛ける支度を始める瞳の様子を見て、仁は不思議そうに尋ねた。

「瞳、何かあったんですか？」

「すぐに出なきゃいけなくなったんだ。おい、お前も一緒に出ろ。続きは帰ってきてからだ」

「わかりました」

瞳に合わせるように仁も真剣な表情になって頷いた。デイパックに弁当と水筒を詰め、火の元を確認して電気を消す。瞳が一階へ下りると、仁が玄関で待っていた。

「瞳は何時頃、帰ってくるんですか？」

「いつも通りだったら、六時過ぎだけど、ちょっとわからない」

「そうですか…」

仁を促して外へ出ると、瞳は施錠をして、ガレージに置いてある自転車に跨った。急いで職場に向かわなくてはいけないが、その前に。仁に釘《くぎ》を刺しておかなくてはいけない。

「いいか。俺が帰ってくるのが、薫や渚より遅くても、あいつらに余計なことは言うなよ」

「わかっています。昨夜、言われたことを守ります」

優雅に微笑み、仁は頷くけれど、疑いは拭《ぬぐ》えない。しかし、社長が電話をかけてきた以上、仁と話している暇はなく、不安を残しながらも自転車に乗った瞳は、長い坂道を猛スピードで下りた。

瞳の勤め先、渋澤製作所は自動車のエンジン部品を製造している、従業員十人未満の零細企業である。社長の渋澤は亡くなった瞳の父が地元の病院に勤め始めたばかりの頃、最初にオペした患者であり、その後もつき合いが続いていた。渋澤は両親の葬儀の際も力になってくれて、進学するつもりだった瞳が急な不幸で進路に困っていると知り、手を差し伸べてくれた。

穂波家から自転車で二十分。海辺近くの集落に渋澤製作所はある。社長からの電話で慌てて出勤した瞳は、自転車を停めるのもそこそこに、工場脇にある事務所へと駆け込んだ。

「おはようございます」

瞳が挨拶しながら中へ入ると、社長の渋澤の他に、従業員である大岡《おおおか》と吉本《よしもと》がすでに出勤してきていた。ただ、大岡と吉本はいつも早い時間に出勤するので、不良品の連絡を受けたからではないだろうと思われる。

「おはよう、瞳くん。悪いね。急がせちゃって」

「いえ、もう出ようと思ってたところだったんで。コーヨーからですか?」

「そう。もうすぐ埴輪《はにわ》さんが来るから、一緒に検品に行ってくれるかな。たぶん、いつもと同じ感じだと思うんだけど」

「でしょうね。了解です」

肩を竦《すく》める社長に頷き、瞳はコーヒーを入れたカップを渡してくれる大岡に軽く頭を下げる。渋澤は六十過ぎだが、大岡と吉本は七十に手が届いている。もう一人の社員、埴輪も六十半ばで、渋澤製作所で二十代という若さの社員は瞳だけだ。

渋澤製作所は自動車大手メーカー、イナリ自動車の下請け部品メーカーから仕事をもらっている。いわゆる、孫請けという立場にあり、第一下請けのコーヨーという会社に部品を納入しているのだが、イナリ自動車は細部の部品まで、製品基準が厳しいことでも知られるメーカーだ。きちんとした品物を納めていても、不良品が混じっていたというクレームは定期的にある。

「例のリコールで、ラインがストップしてるだろう。そのとばっちりだよ」

「また見えるかどうかの傷で難癖つけてくんだろ。行かなくていいさ」

「そういうわけにもいかないですよ」

眉をひそめて文句を言う大岡と吉本に苦笑し、瞳はコーヒーを飲んだ、ベテランの二人が言う通り、不良品が出たという連絡を受けて飛んでいったところで、明らかな不良品が出たことはない。大抵の場合、首を傾げてしまうような…しいて言えば、いちゃもんのようなクレームであるのだが、孫請けである渋澤製作所に反論は許されない。

それに不良品の連絡にはいつもイナリ自動車の事情が絡んでいる。今回の場合、大岡の指摘通り、リコール問題が影響しているのは間違いないが、落ち度が認められないとしても顔を出して詫《わ》びるのも仕事のうちだ。

皆でリコールがどこまで長引くかと、あれやこれや話をしていると、事務所の扉が開く。渋澤製作所、五名の男性社員の最後の一人、埴輪だった。

「おはようございます。遅れてすみません。瞳くん、もう来てたんだね。行こうか」

「埴輪さん、コーヒー飲んでからでいいですよ」

最後に出勤してきた埴輪が、申し訳なさそうに慌てるのを見て、社長がとどめる。皆でコーヒーを飲み、いつも無理を言ってくる相手先の検品担当者にケチをつけてから、瞳は埴輪と共に出掛けることにした。

「じゃ、行ってきます。また、帰りの目処《めど》がついたら連絡します」

「よろしく」

社長に見送られ、瞳は渋澤製作所という社名が荷台に書かれたトラックの運転席へ乗り込んだ。瞳が運転免許を取ったのは、三年ほど前だ。本当は車を運転したくはなかったのだが、仕事上、不便であるし、年齢を重ねてきている社長や埴輪に運転を任せておくのは危険な気がし始めて、免許を取ろうと決意した。

海辺の町にある渋澤製作所から、取引先であるコーヨーまでは国道と高速道路を使って、一時間ほどかかる。その上、朝のラッシュにひっかかるから、三十分は余計に見なくてはならないだろうと、助手席に座る埴輪と話した。

「やっぱ朝は混みますね」

「急いで行ったところで変わりはないから、安全運転で行きましょう」

埴輪の声に頷き、瞳は信号を見て、ブレーキを踏んだ。瞳の両親は交通事故で亡くなっている。だから、渋澤製作所の皆が気を遣って、運転免許を取ると言い出した瞳に反対した。しかし、瞳の意志は固く、免許を取得したが、その運転は当然ながら超安全運転だ。

慎重に…時に周囲の迷惑となりつつも…道路交通法を律儀に守って運転し、瞳は遠く離れた街にある取引先へとトラックを走らせる。イナリ自動車の第一下請けであるコーヨーは広大な敷地にいくつもの工場を持つ、大きな会社だ。予想通り一時間半近くかかり、到着すると、外注向けの駐車場へトラックを停め、埴輪と共に担当部署へ向かった。

外注先から納入される部品を検品する部署では、渋澤製作所の担当者が待っていた。取り敢えず、迷惑をかけてすまないと詫び、状況を聞く。いつもながら、不良品だという現物を見せられてもぴんと来なかったが、埴輪と二人で詫びた。

「申し訳ないんだけど、向こうに積んであるから。こっちで検査してもらってもいいし、持って帰ってもらってもいいよ」

「それぐらいの量なら午前中には終わると思いますので、こちらで検査していきます。…瞳くん」

「わかりました。確認が終わって、納入できる分は現場へ持っていけばいいですよね」

「ああ。お願いできるかな。数量訂正は事務所の方でしていって」

忙しそうに携帯を取り出す担当者に頭を下げ、瞳は埴輪と共に倉庫へと移動した。フォークリフトが行き交う倉庫の隅に、返品分という札の掲げられたエリアがあり、渋澤製作所の社名が入った箱が積まれている。それを並べ、作業スペースを確保すると、瞳は借りてきた椅子を置いた。

「暖かいから助かりますね」

「そうだね。さっさとやってしまおう」

朝から天気がよく、風もないのが救いだった。検品をする倉庫はシャッターが開いたままなので、吹きさらしで、冬は辛い。埴輪と並んで座り、早速検査を始める。今回、不良品が出たのはシャフトと呼ばれる鋼管を短く切った、筒状の部品だ。全長五センチほどの部品が箱いっぱいに入っている。その一つ一つを、傷がないか丹念に見ていく。

瞳が渋澤製作所で働き始めた頃は、いつも埴輪と大岡が二人で来ていたが、大岡の年齢を考え、瞳が来ることになった。勤めて、もう六年が経つ。一番若い社長でさえも、六十を過ぎてしまった。渋澤製作所は確実に高齢化の波にのまれつつある。

埴輪は社員の中で一番、口数が少ない。瞳も余計なお喋《しやべ》りはしないタイプだから、二人で黙々と作業を進めた。よって、昼を待たずにすべての検査が終わり、現場へ再度納品することができた。

「はあ…終わりましたね。結局、出なかったけど…」

「いつものことだ。さあ、事務所に寄って帰ろうか」

不良品が混ざっているという連絡を受け、再検査を命じられても、実際にものが出ることはまずない。そもそも、納入前にちゃんと検査をしているのだ。それでも、反論は許されないのが、孫請けというもので、事務所に納入数量の報告をして、駐車場へ向かった。

トラックに乗ると、埴輪が携帯で工場へ連絡を入れた。事務所には渋澤の妻である敦子《あつこ》が出てきており、埴輪に弁当がいるかどうかと聞いているのが、運転席でエンジンをかける瞳にも聞こえた。

「ええ。昼を大きくは過ぎないと思いますから、取っておいてください。…瞳くんはいつも通り？　……そのようです。お願いします」

自分で弁当を手作りしてきているのは瞳だけで、他の皆は宅配の弁当を取っている。埴輪が携帯を畳むと、瞳はトラックを発進させた。

「瞳くんは偉いな。俺は弁当なんて、とても作れそうにないよ」

「大したものじゃないですから。今日もご飯詰めて、その上に野菜炒め載せただけのやつです」

「でも弟たちの分も作ってるんだろう。偉いよ」

しみじみと埴輪が言うのが、瞳は気になった。埴輪は二年ほど前に妻を亡くし、一人暮らしをしている。社長夫人でもある敦子が時折様子を見ているのだが、元々家事など一切しなかったタイプであったため、苦労しているようだという話は聞いていた。

「埴輪さんは…料理はだめですか？」

「ああ。洗濯や掃除はね、なんとかなるが、料理はどうしても苦手だな。やろうという気にならない。まあ、スーパーに行けばすぐに食べられるものがなんでも売ってるから…」

苦笑を混ぜながら話していた埴輪は、途中で言葉を止めてしまった。ちょうど赤信号になったので、車を停め、助手席を見ると、窓の向こうをじっと見ている。不思議に思った瞳が「埴輪さん？」と呼びかけると、はっとした顔が振り返った。

「どうかしたんですか？」

「……」

言おうかどうか、迷っている。そんな雰囲気が感じられ、瞳は俄《にわか》に緊張を覚えた。そこへクラクションが聞こえる。慌てて信号を確認し、アクセルを踏んだ。そのまま、沈黙が続き、十分ほど経った頃、埴輪がぽつりとこぼした。

「…まだ社長にも話してないんだが…」

「……」

「先週、娘が来てね。一緒に暮らしたいって言われたんだよ」

瞳にとってはどきりとする内容で、すぐに相槌《あいづち》が打てなかった。埴輪には娘が一人いて、浜松に嫁に行ったという話は耳にしていた。一緒に暮らしたい…というからには、浜松でということなのだろう。

「…そう……なんですか……」

「前から一人になった俺を心配しててね。一緒が嫌なら、せめて近くに住んでくれないかって。そうしたら面倒も見られるからって言うんだよな」

埴輪が迷う意味はよくわかり、瞳は何も言えなかった。すでに六十半ばである父が一人で暮らすのを、娘が心配するのは無理もない。そして、埴輪は知らない土地で暮らすのを億劫に思うよりも、渋澤製作所を心配しているのだ。

元々、埴輪は地元の人間ではない。妻と共に海の見える町で暮らしたいと望み、早期退職し、十五年ほど前に引っ越してきた。それから、渋澤製作所で働き始めたのだが、今では渋澤製作所にとってなくてはならない存在だ。

埴輪がいなくなってしまったら。自分も社長も、途方に暮れるのは間違いない。七十という年齢である大岡と吉本が間もなく引退することは視野に入れているが、埴輪はまだ数年、いてくれるものだと思っていた。

複雑な気分で黙り込んでしまった瞳に、埴輪は苦笑を浮かべて「悪かった」と詫びる。

「おかしなことを言って。でも、安心してくれ。娘のところへは行かないよ。あいつは死んだ連れ合いにそっくりになってきて、口うるさくて敵《かな》わないんだ」

「埴輪さん…」

「社長には…大岡さんや吉本さんにも。言わないでくれるか。心配はかけたくない」

真面目な口調で頼まれ、瞳は頷くしかなかった。行かないと埴輪は言うけれど、本当に…わずかでもそういう気持ちがなければ、自分にも話さない気がした。埴輪は迷っているのだろう。ふいに浮かんできた不安が胸を埋《うず》め、息苦しいような錯覚がした。


しかし、思えば渋澤製作所はいつ危機が訪れてもおかしくない状況ではあった。まず、渋澤には子供がおらず、跡取りがいない。瞳以外は全員、六十以上で、世間では定年しているような年齢だ。

瞳は働き始めてから四年が過ぎた頃、渋澤から後継者となってくれないかという話を持ちかけられたが、思いきりがつかなくて断った。皆を手伝うのはできるが、自分が社長となって会社を運営していく自信がなかった。それは今も変わらなくて、渋澤製作所がなくなってしまうようなことがあれば、新たな職を探さなくてはいけないなと、頭の隅では思っている。

そして、埴輪の話を聞き、それが現実味を帯びてきたのだと、瞳は小さく覚悟した。もしも埴輪が娘のところへ行くという決断をすれば、渋澤製作所は立ちゆかないだろう。新しい人間を入れるとしても、すぐに埴輪の代わりが務まるとは思えないし、これまでも何人か新しい従業員が来ては辞めていくというのが続いていた。

小さな町の零細企業でもらえる賃金は限られているし、保証も少ない。しかし、瞳にとっては恵まれた職場だった。自宅からの距離、勤務時間、職場環境。今も、できれば渋澤製作所でずっと働きたいと思っている。

しかし、実際には無理な話なんだろうな…といろいろと考えていたら、終業時刻である五時までに自分の仕事が終わらなかった。瞳は一人、残業をして、六時前に工場を出た。いつも通り、スーパーひよどりに立ち寄り、夕飯を何にしようかと考えた時、すっかり忘れていた相手の顔を思い出した。

「……」

朝から不良品の件で頭がいっぱいで、その後は埴輪と、渋澤製作所の未来についてばかり考えていたから、仁のことなど浮かばなかった。今朝《けさ》は家の前で別れたけれど、あの後、あいつはどうしたのだろう。隣の廃屋でのうのうと一日を過ごしていたのか。

とてものうのうと過ごせるような環境ではないように見えたが、どれだけのぼろ家であっても仁は苦にならないに違いない。つい、溜め息が漏れ、献立を考えるのも億劫になったが、食事を用意しないわけにはいかない。

「…キャベツがあるから…」

冷蔵庫に残っている食材を考え、献立を決める。残っているキャベツでサラダを作り、他の半端な野菜でポトフもどきのスープにしよう。昨夜はロールキャベツだったので、手頃な魚はないかと売り場を覗いてみると、身の厚いサワラの切り身が安売りになっていた。塩焼きにしようと思い、迷わず手に取ったところで、瞳は動きを止める。

「……」

いつも通り、三切れ入りのパックを選んだが、家に帰れば…仁がいるかもしれない。本当は仁の存在を認めてはいないのだけど、どうしても気にしてしまう。

魚売り場で散々悩んだ挙げ句、瞳は二切れ入りのパックを二つ、かごに入れた。自分の行動が不本意で、負けた気分だったが、気になるのも事実だ。他にもいくつか買い物をして、スーパーを後にした。

一切れ余分にサワラを買ったせいか、予定よりも支払額が多かった。これで仁がいなくなっていたら、お笑いぐさだな。ほとほと、自分は人がいい。相反する自身の気持ちに対する嫌悪感みたいなものが浮かび、瞳は難しい顔で自転車を漕いだ。長い坂道を上がり、自宅に着くと、七時近くになっており、あたりも暗くなっていた。

家には電気が点っており、ガレージには薫の自転車がある。渚はまだ帰っていないようだ。買い物袋を手に玄関を開けた瞳は、見慣れない大きなスニーカーを見つけて、ほっとしたようなうんざりするような、複雑な気持ちを抱いた。

「ただいま」

一応、声をかけ、二階へ上がる。階段の途中から、薫が仁と話している声が聞こえてきた。

「あ、兄ちゃん。お帰り。遅かったね」

「お帰りなさい。瞳」

「……」

ダイニングテーブルに向かい合って座っていた二人は、一階から上がってきた瞳を見て、声をかける。嬉しそうに笑う仁を、瞳は冷たく一瞥してキッチンへ入った。

「兄ちゃん、なんで怒ってんだよ」

「…別に怒ってない。暇なら洗濯物を入れてくれ」

「もう仁くんが入れてくれたよ」

「……。お前は何してたんだ？」

怪訝に思って聞くと、薫は「風呂掃除」と答える。文句をつける理由がなくて、瞳は難しい顔のままで、夕食の準備に取りかかった。それを見た仁は「手伝います」と言って席を立つ。キッチンに入ってきた仁に、瞳は眉をひそめた。

「いいから座ってろ。お前はのろまなんだから。…おい、薫。手伝え」

「了解。仁くん、のろまなの？」

「そうでもない……と思うのですが…」

面と向かって「のろま」と言われたのがショックな様子で、仁は哀しげな顔でキッチンの入り口に立ちつくす。そこでも瞳に邪魔だと言われ、すごすごとダイニングテーブルの方へ戻っていった。

「なんで兄ちゃんはそうやって仁くんに意地悪するかな」

「……あのな。大体、なんであいつがいるんだよ？　隣に帰るって言ってたぞ」

「そうなの？　俺が帰ってきたらうちの前で待ってたよ」

薫の話を聞き、瞳は心の中で溜め息を漏らした。一体、いつから。ボロ家であっても気にしない仁だから、昼間は隣家にいたのだと思いたいが、ずっと家の前で待っていた可能性も否定できない。人通りなどまったくない場所だからいいものの、街中だったら通報されているだろう。

「今日は…サワラか。塩焼き？」

「ああ」

「あ……なんだ、兄ちゃん。冷たいこと言っても、仁くんのこと、ちゃんと考えてるんじゃん。四切れ、買ってきてる」

「……」

言われたくなかったことを指摘され、瞳は苦い気分になって眉間の皺を深くした。薫の頭を殴ってやりたくなったが、それは八つ当たりというものだ。代わりにキャベツを千切りする包丁に力が入ってしまい、必要以上の量ができて、自分を反省した。

キャベツの半分はさっと茹で、サラダ油、酢、塩、こしょうで作ったドレッシングで和え、ハムの千切りを混ぜた。残りは軽く塩をして、ビニル袋に入れて保存する。明日には浅漬けとして食べられる。

にんじんや大根、キャベツの芯《しん》など、冷蔵庫にあった残り野菜をコンソメスープで煮込み、ソーセージを入れた。一人二本で、いつもなら六本で済むのに、仁がいるから八本必要になる。食費を取ってやろうかと、また薫に呆れられるようなことを考えながら、グリルに塩を振ったサワラをセットする。火を入れると、一階から「ただいま」という声が聞こえた。

「腹減った～。夕飯、まだなの？」

「兄ちゃん、帰りが遅かったんだよ」

「よかった～。ナイスタイミングじゃん。…って、仁くん！　ただいま～」

「お帰りなさい。渚」

キッチンを覗き、鼻をくんくん鳴らしていた渚は、ダイニングテーブルに仁がいるのを見つけて、嬉しそうに飛んでいく。まったく、弟たちの懐きようにも困ったものだと思いながら、瞳は渚にさっさと着替えてくるようにと要求した。

「もうすぐ魚が焼けるぞ」

了解…と返事して、渚が下がっていくと、仁にも手伝わせて食卓の用意をする。いつもは広すぎるように感じているテーブルに、四人分の食器が並べられると、ちょうどいいように感じられた。仁は朝食の時と同じく、瞳と向かい合わせの席に着く。着替えてきた渚と共に、揃って「いただきます」と手を合わせ、食事を始めた。

「兄ちゃん、珍しいね。残業?」

「午前中、不良品で出掛けてたから仕事が残ってたんだよ」

「不良品?」

瞳が説明した内容を、渚と薫は詳しく聞かずともわかったのだが、仁は違った。不思議そうな顔で問い返すのを聞き、瞳は小さく息を吐く。昨夜、仁を隣へ迎えに行き、こっちへ連れ帰ってきた際にもちらりと聞かれたが、答えなかった。

誤解している様子だったから、余計に意味がわからないのだろう。瞳は仁には目を向けないまま、自分がどういう仕事をしているのか告げた。

「俺は自動車の部品工場で働いてるんだよ。そこで作った部品に不良品が出たんだ」

「瞳が……工場で……?」

瞳の話を聞き、仁はすっと表情を曇らせた。六年前、突然いなくなったきり、音信不通で、両親が死んだのも知らなかった仁は、ある意味、浦島太郎だ。怪訝に思うのも無理はない。仁がいなくなった頃の瞳自身、自分が工場で働くことになるとは、夢にも思っていなかった。

当時、瞳は高三で、父と同じ医者になるつもりで、医学部への進学を望んで勉強していた。

仁が姿を消したのは受験前で、その後、間もなくして両親が亡くなり、瞳の人生は大きく変わった。

「…後で話す」

声を潜めてつけ加え、瞳はその場でそれ以上説明しなかった。仁の方も重ねて聞くことはせず、沈黙が訪れた食卓を気遣うように、食事が美味しいと誉《ほ》める。

「この魚、とても美味しいです。なんという名前の魚ですか?」

「それはサワラだよ。今日のやつは身が厚くていいよね。兄ちゃん、奮発したの?」

「安売りしてたんだ」

「なんだ。仁くんが戻ってきたお祝いかと思った」

お祝い…と渚が言うのを聞き、瞳は眉をひそめたが、逆に薫は嬉しそうな表情になる。手にしていた箸を振り、「そうだ」と高い声をあげた。

「明日、仁くんが帰ってきたお祝いしよう。土曜だし」

「俺は仕事だ」

「でも昼までだろ?」

「明後日《あさって》でもいいじゃん」

「俺、日曜は部活なんだよね。渚だって模試だとか言ってなかった?」

「あ、そうだった」

お互いの予定を考え、仁の歓迎会は翌日の土曜、午後から開くと弟二人が決めるのを聞きながら、瞳は黙々とご飯を食べた。無視していても、反対はしない兄の態度を了承と取り、渚と薫は計画を立てる。仁くん、何が食べたい？　と聞く薫に、仁は優雅な笑みを浮かべて、二人に気遣わないでくれと求めた。

「お祝いなんて、いいですよ。渚と薫が仲良くしてくれるだけで、嬉しいです」

「遠慮なんかしなくていいよ。俺が何か、ごちそう作るから」

「薫のごちそうって揚げ物だろ」

「いいじゃん。渚だって揚げ物、好きなくせに。文句あるなら食うなよ」

「文句とかじゃないって。薫の揚げ物、大好きだよ」

「やっぱ、ごちそうと言えばからあげかな」

「…お前らの小遣いから出せよ」

相談し合う弟二人の横から、瞳がぼそりと呟く。小遣いから…と聞いた二人はぴたりと動きを止め、救いを求めるように瞳を見た。

「そ…そんな、兄ちゃん。せめて鶏肉だけでも…買ってくれよ」

「小遣いって…俺、ピンチなんだよ。参考書買っちゃって」

「知るか」

泣きついてくる弟たちに対して、大黒柱である瞳は「ふん」と鼻息を吐く。からあげには鶏のもも肉を使う。通常、もも肉よりもむね肉の方が安いので、穂波家の食卓に並ぶのは圧倒的にむね肉の方が多い。

だからこそ、鶏のからあげはごちそうなわけだが、十分な量を用意しようとすれば金額もそれなりに張る。少ない小遣いからはとても出せないと、さっきまでの楽しそうな表情から一変、顔を青くする渚と薫を見た仁は、慌てて箸を置いた。

「待ってください。もしかして、お金がないんですか?」

「……」

ずばりと聞いてくる仁に対し、三人は答えられなかった。そもそも、面と向かって聞く内容でもない。お金がないのは事実だが、正面から認めるのは憚《はばか》られる。沈黙する瞳たちを見て、仁はさっと椅子から立ち上がる。

どこへ行くのかと三人は仁の行動を視線で追う。ダイニングテーブルを回り、続きの居間へと向かった仁は、ソファに置いてあった自分のデイパックを手にした。そのファスナーを開け、中から何やら取り出す。

興味津々に窺い見る瞳たちのもとへ、仁は驚くようなものを手に戻った。

「これを…使ってください」

そう言って、仁が渚に差し出したのは札束…しかも、百ドル札の束だった。見慣れない紙幣はおもちゃみたいに思えるが、仁にふざけている様子はない。

「じ…仁くん？」

「な…なんで、ドル？」

「お前…こんなもの、どうしたんだ？」

訝《いぶか》しげに聞く瞳に、仁は詳細を答えず、再び腰かける。反射的に札束を受け取ってしまった渚は、困った顔でそれを隣の兄へと手渡した。瞳もつい受け取ってしまい、眉間を歪《ゆが》めて仁に尋ねる。

「…本物か？」

「もちろんです」

「百ドルが……何枚あるんだ？　百枚あるとしたら…」

「一万ドル？」

「一ドル八十円だとしても……八十万だよ⁉」

仁がデイパックから取り出した札はすべて百ドル紙幣で、帯封がされていた。おおよそ百枚だと考え、日本円に換算した薫が大声をあげる。八十万という金額は、穂波家の面々にとって大金である。

札束を見た瞬間から眉をひそめていた瞳は、ますます険相を深くした。デイパックからぽんと出す金額ではない。怪訝そうに見る三人の視線など気にならないというように、仁は再び食事を始める。美味しいです…とにっこり笑う仁を見つめながら、瞳は嫌な予感がどんどん大きくなっていくのを感じていた。

こんなものは受け取れない…と瞳が札束を突っ返しても、仁は受け取らなかった。仕方なく札束はテーブルの中央に置かれ、微妙な沈黙が食卓を覆う中、夕食は終わった。片づけは仁がやると言い張ったので任せて、兄弟三人はダイニングテーブルで密談を交わす。

「兄ちゃん。俺、よく知らないんだけど、仁くんって何してんの？」

「ていうか、いくつだっけ？」

「…だから、俺が追い出したのに」

今頃になって不安を浮かべる弟二人を見て、瞳は仏頂面で呟く。そう言いつつも、仁を隣へ迎えに行ったのは瞳だ。仁を招き入れた責任は自分が一番大きいという認識もあって、渋い表情で説明する。

「お前らはあの頃、子供だったから覚えてないだろうけど、あいつは最初から怪しかったんだ」

「怪しいって？」

小声で尋ねる渚と薫に、昔を思い出しながら、瞳は仁の父親を覚えているかと聞き返した。

「仁くんのお父さん…？」

「そういえば…いたね。ガイジンのおじさん」

当時、小学五年だった渚が言うのを聞き、二年生だった薫は「そうだっけ？」と首を傾げる。高三だった瞳にはしっかりとした記憶があった。当時から廃屋同然だった隣には、仁以外に金髪で青い目の外国人がいた。四十前後の男性で、英語しか話せなかった彼とは仁を通じてしかコミュニケーションが取れなかったが、仁は彼を父親だと言った。

「…おじさんは隣に住んでいるのかいないのか、よくわからなかった。大体、あそこは昔から人が暮らせるような状態じゃなかったし。俺も何度か見かけただけなんだが…」

「ええと…仁くんはハーフなんだよね？」

「ああ。亡くなった母親が日本人だと言ってた。隣に越してきたのは…おじさんの仕事の都合で、歳は俺と同じだと聞いてる」

「そうなんだ。…あれ…でも、仁くん、学校行ってなかったような…」

首を傾げる薫に、瞳は真面目な顔で頷いた。仁は隣に住んでいた半年と少しの間、学校には通っていなかった。穂波家の両親に気に入られ、入り浸るようになると、小学生だった弟たちの格好の遊び相手となった。

仁が学校に行っていなかった、その理由は…。

「アメリカで飛び級して、十二歳の時には大学を卒業したって聞いた」

「えっ。そうなの!?」

「すげえ。道理で頭いいはず…。兄ちゃんが帰ってくるまでの間、数学の宿題やってたんだけど、仁くん、すらすら解いて教えてくれたんだよね」

驚きながらも渚と薫は感心していたが、瞳にしてみれば仁の天才的な頭脳などは、問題ではなかった。いつだって仁は嬉しそうににっこり微笑み、自分の側を離れなかった。それが気味悪く思えてきて、理由を問い詰めたら「愛しているから」と言われた。

意味がわからず…頭が思考を拒否して…仁を避けるようになった。しかし、どんなに邪険にしても仁は諦めず、瞳の側で「愛してます」と言い続けた。

「……………」

「兄ちゃん？」

「…あ…いや。…だから、あいつは謎《なぞ》の多い奴なんだ。どこから来たのかも言わなかったし、いなくなった時も突然だった。これまでの六年間だって、どこで何をしてたのかもわからないし…」

そして、どうして唐突に戻ってきたのか。理由がわからないと思うのと同時に、最後に仁から言われた言葉が甦る。すぐに戻ってきます。約束します。聞いた時は意味のわからなかった台詞も、翌日には理解できた。仁は穂波家からも、隣からも姿を消してしまった。

そして、彼が口にした約束は嘘《うそ》だった。すぐになんて。六年もかかる「すぐ」なんて、ありえない。

瞳が難しい顔で黙り込むと、水音が止まる。キッチンを背にしていた瞳と渚には見えなかったが、対面している薫の合図で、三人は話をやめた。

「洗い物、終わりました。他に何か用はありませんか？」

キッチンから戻ってきた仁が優雅な笑みを浮かべて聞くのに、渚と薫は答えられなかった。

その代わり、瞳が仁に眇めた目を向ける。

「…お前さ、風呂入ってこいよ」

「風呂？」

「なんか薄汚れてるぞ。服だって昨日と同じだし。風呂も長いこと、入ってない感じだ」

「わかりますか？」

瞳の指摘に感心し、仁は自分の姿をまじまじと見直す。確かに、仁は路上で倒れているところを発見された時から、なんだか薄汚れたふうであった。風呂に入って着替えろと瞳に言われた仁は、微かに表情を曇らせる。

「ですが…着替えを持ってないので…」

「渚。貸してやれ」

瞳の命を受け、渚は仁を連れて階下へ下りていく。風呂は一階にあり、渚の部屋も同じフロアにある。ついでに風呂にも案内してくると言う渚に対応を任せ、二人が姿を消すと、薫がテーブルの上に置かれたままの札束を手にした。

「…けど、仁くん、お金持ちなんだよね。こんな札束、ぽんと出してくれるんだし。ドルだけど」

「……」

ぺらぺらと薫がドル札を捲《めく》るのを見ながら、瞳は過去のことを思い出していた。そういえば…以前も仁は金に不自由している様子はなかった。隣家は古くても広大な敷地を擁し、元はかなり立派であったのが窺える屋敷だ。だから、金持ちの息子なのだろうと想像はしていたのだが…。

不思議だったのは、何度か見かけた仁の父親も、とても普通に働いている様子がなかったことだ。仁も変わっているが、父親も相当おかしかった。考えれば考えるほど疑惑は深まるばかりで、瞳は札束をぺらぺら捲っている薫に、仁のデイパックを持ってくるように言った。

「仁くんの？」

瞳に命じられるまま立ち上がり、薫はソファに置いてあるデイパックを取りに行く。それを持ち上げた途端、「おもっ」と声をあげた。

「何入ってんの、これ。超重いんだけど」

ぼやきながら薫が運んできたデイパックをテーブルの上へ置くと、ドンと鈍い音が響いた。かなりの容量がある黒いデイパックは、路上に倒れていた時に仁が背負っていたものだ。椅子から立ち上がった瞳は迷わず、デイパックのファスナーを開ける。

「兄ちゃん、それ仁くんのじゃないの？　いいの？」

仁を風呂に案内し、戻ってきた渚の声が聞こえる。人の荷物を勝手に見るなんて、いけないことだとはわかっていたが、様々な疑問を解消するためだ。渚の注意を無視し、瞳はデイパックの中身をテーブルの上へ並べていく。

結構な容量があるデイパックからは、Ａ４サイズのパソコンや、ハードドライブなどのパソコン関連機器が次々と出てきた。重いはずである。機械類はすべて出してみたが、デイパックの中を覗き込んでみるとまだ何かが入っていた。

「………」

デイパックの底に敷き詰められるようにして入っているものは、まさかと思うような代物だった。瞳は眉間に皺を刻み、無言でデイパックを両手で摑《つか》んで逆さにする。テーブルの上にごとごとと音を立てて落ちたのは…。

「っ…⁉　兄ちゃん……これ…」

「うわっ、すっげ…！」

弟たちが叫ぶのも無理はなかった。瞳自身、信じられなかった。デイパックから落ちてきたのは、札束だった。からあげの肉を買うのに使ってくれと、仁が出してきた百ドル札の束と同じようなものが、いくつも出てきたのだ。

「これはドルで……こっちはユーロだよ？」

「ほ…本物だよね？」

「……たぶんな」

三人でドルとユーロに分けて、札束を並べてみる。百ドル札の束が十二個に、百ユーロ紙幣の束が五個。少なく見積もっても、一千万は軽く超えている。とてもデイパックに入れて持ち歩く金額ではない。

「ど…どうして、仁くん、こんなにたくさんのお金…」

「兄ちゃん…」

渚と薫が不安げな顔で自分を見るのに対し、瞳は大きな鼻息で返す。瞳には二人ほどの動揺はなかった。まったくないと言えば嘘になるが、渚たちよりも仁を知っている。仁の正体が不明なのは、今も昔も変わりはないのだ。

「…とにかく…」

元に戻しておこう…と瞳が言いかけた時だ。「ありがとうございました」という仁の声が突然聞こえて、三人は反射的に背後を振り返る。テーブルの上に並べられている自分の荷物を見た仁は、すっと顔を固くした。

「あ…」

「ご…ごめん、仁くん…っ」

「ごめんね、ごめん…っ」

勝手に人の荷物を開けたという罪悪感に駆られ、渚と薫は深く頭を下げて、仁に何度も謝る。それを横目に見ながら、瞳は冷静な口調で「おい」と仁を呼んだ。

「ちょっと、こっち来て座れよ」

命じられるまま、仁は神妙な顔つきで近づいてきて、瞳の前に座る。瞳も椅子を引いて腰を下ろし、仁をまっすぐに見つめた。風呂に入り、渚の服を借りて着替えた仁は、見るからにさっぱりして、いかに薄汚れていたのかがわかる。

「悪いが…気になったから、中身を見せてもらった。…お前、この金は一体、どうしたんだ?」

難しい顔で腕組みをして尋ねる瞳を、仁はちらりと見上げる。しばらく無言のままでいたが、瞳が諦めそうにないのを悟り、小さく息を吐いた。

「……仕事をした報酬として…もらってきました」

「どこから?」

「……勤務先?」

出どころを聞く瞳に対し、仁は自信なさげに疑問形で答える。その様子はまったく怪しいもので、瞳は大きな溜め息をついた。おそらく、どれだけ問い詰めても暖簾《のれん》に腕押しというやつで、仁は本当のことを言わないだろう。

昔もそうだった。お前はどこから来たんだ?　どうしてここにいるんだ?　シンプルな問いにも仁は笑うだけで、具体的な答えは一切口にしなかった。仁が事情を抱えているのは明らかだったし、無理強いして聞いたところで自分によい結果を招くとは思えなかったから、触れないようにするのが決まりみたいになった。

今度も…同じようにした方がいいのだろう。それはわかっている。けれど、目の前に並んだ札束が瞳に不安を与える。どう考えても、仕事に対する報酬を勤務先からもらってきた…という説明で納得できる額ではない。そもそも、報酬であるならば銀行などの金融機関を通じて受け取るのが普通だろう。零細企業である渋澤製作所でさえ、銀行振り込みだ。

まともな金ではない…と考えるのが妥当か。かつて、何度か見た仁の父親が思い出される。仁の父は瞳が生まれて初めて遭遇した、危険な匂いのする人間だった。

「…どういう素性の金だとしても、これだけの大金を持ち歩いているってこと自体、普通じゃないと思うぞ」

「瞳…」

「俺や、渚や薫に、迷惑をかけないと言いきれるのか?」

厳しい口調で尋ねる瞳に、仁は答えなかった。困惑した表情で長い間、瞳を見つめ続けた後、「ごめんなさい」と詫びて頭を下げる。そして、椅子から立ち上がり、テーブルの上に並べられていたものをデイパックに詰め直すと、それを肩にかけ、居間を出ていった。

仁が階段を下りていく音が響く。それまで黙っていた渚と薫が「兄ちゃん」と心もとなげな声で呼びかけてくるのに、瞳は無言を返すしかなかった。

仁がいなくなった後、迷うように階下を覗き込んでいたりした渚と薫は、結局、追いかけたりはせずに、瞳の側に戻った。ダイニングの椅子を引いて座り、俯《うつむ》き加減で考え込んでいる瞳に話しかける。

「兄ちゃん…仁くん、どこ行ったんだろう？」

「兄ちゃん、ちょっと、言い方がきつかったんじゃない？」

控えめに注意してくる渚を、瞳はちらりと見てから溜め息をついた。頰杖《ほおづえ》を突き、うんざりした表情を作って、「じゃあ」と意見を求める。

「お前はあれだけの大金を持ってることを、怪しいって思わないのか？」

「そ…そりゃ…確かにおかしいなって…思うけど…」

「でも…仁くん、仕事の報酬だって…」

「あんな高額の給料を、ドルやユーロの札束で渡す会社がどこにある？」

それに仁は「勤務先」とは言ったけれど、「会社」とは言わなかった。そのあたりも瞳には引っかかっていた。本当に真っ当な金であれば、どこどこのどういう会社に勤めていて、そこでこういう仕事をして得たお金です…と、ちゃんとした説明ができたのではないか。

できないのは…。考えるほどに嫌な方向に行きそうで、瞳は眉間に皺を刻む。そのまま、兄弟三人でまんじりともせずに顔を突き合わせていたのだが、仁が戻ってくる気配はなく、三十分ほどが経った。瞳の帰りが遅かったせいもあり、時刻は九時を過ぎている。

「…お前ら、風呂入って寝ろよ」

「兄ちゃん、どこ行くの？」

「散歩だ」

余計な問いをはねのけるためにもぶっきらぼうな口調で答え、瞳は二人と目を合わせないようにして階段へ向かった。本当にあいつは迷惑ばかりかける。そんな愚痴を思うのと同時に、捜しに行かなければいいのだと思う。どうして放っておけないのか。自分自身にうんざりしながら玄関を出た。

暗い道を歩きながら、隣にいなかったら、それ以上捜すのはやめようと決めた。仁は自分の手には負えない相手だ。うっすらとわかっていながら、情に負けて、目を瞑《つぶ》っていた。仁が消え、いろんな戸惑いも整理できたというのに、もう一度繰り返すなんてバカげている。

このまま…また消えてくれたら。

「さぶ……」

外に出てすぐには気づかなかったけれど、隣の敷地へ入った頃から、冷え込んできているのが身に染みた。GW《ゴールデンウイーク》も目前だというのに、今年はいつまでも気温が低い。山間だから特にで、こんなに寒いのに…とつい、眉間の皺が深くなる。

廃屋同然の屋敷に入ると、瞳はさらに険相を酷くした。せっかく風呂に入らせたのに。また埃まみれのソファに寝ていたりしたら、怒鳴ってしまいそうだ。むう…と唇を尖《とが》らせ、居間のドアを開けて中へ呼びかける。

「おい」

瞳が一声呼びかけると、途端に、暗闇の中で影が動いた。案の定、ソファで寝ていたらしい仁が駆け寄ってくるのを見て、うんざりした気分になる。

「瞳……どうして…」

「……風呂入ったばっかなのに、こんな埃だらけの寒いところで、何してんだ」

「でも…」

「行くぞ」

昨夜も同じような台詞をここで口にしたな…と思いながら、瞳は仁に背を向ける。真っ暗闇の埃臭い家の中には長い時間いたくない。玄関を出て、階段を下りると、少し歩いて背後を振り返った。

仁がしょんぼりした様子で階段を下りているのが見える。瞳が立ち止まっているのに気づいた彼は、足早に近づいてきた。外は寒いけれど、同じように寒い上、息が詰まりそうな屋敷の中よりはずっといい。それに、空には月が出ており、多少の明かりが望めた。

神妙な仁の顔を見上げて、瞳は静かな口調で尋ねる。

「…お前は何者なんだ？」

「……」

六年前にも向けた問いを繰り返す。あの時は答えが得られないまま、曖昧《あいまい》に過ごしていた。けれど、今は。こうして仁が戻ってきて、自分の側にいるというならば確かめなくてはいけない。自分の側にいるということは、同時に、弟たちの側にいることになる。自分だけならともかく、弟たちを危険な目に遭わせるわけにはいかない。

危険…かどうかはわからないが、普通じゃないのは確かだろう。真剣な表情で見る瞳の前で、仁は口を閉じたままでいた。

「言わなきゃ、うちに入れないぞ」

「…瞳…」

「この六年、どこで何をしてたんだ。それなら言えるのか？」

強い調子で聞く瞳に向かって、仁はゆっくりと首を横に振る。自分を見る仁の目は、月明かりしかない場所でも哀しげに見え、瞳は複雑な気持ちにさせられた。

「ごめんなさい。……言えません」

「言えないようなことをしてたのか」

「違います…。いろいろあって……言えないのですが、これからはずっと瞳の側にいるというのは本当です。約束させられた仕事はすべてこなしましたし、無茶を押しつけてくる父がいなくなりましたから」

「……」

仁が「父」と口にするのを聞き、瞳はすっと目を眇める。仁の父といえば…あの人だと、頭の中にその姿を思い浮かべ、どういうことなのか詳しく聞く。

「父がいなくなったって……おじさんがどうかしたのか?」

「おそらく」

「…おそらく?」

「死んだかと」

自分の父親が亡くなったと言う仁の顔に、哀しみはまったく見当たらない。瞳は微かに顔を顰めたが、仁の態度を不謹慎だと怒ったりはしなかった。かつて、仁とその父親との関係が非常に険悪なものであったのを、瞳も知っている。

仁はどこから来たのかさえも言わなかったが、父親との関係と歴史についてだけは何度かこぼしたことがある。仁は父親のせいで、幼い頃から各地を転々とする生活を送り、その頭脳が類希《たぐいまれ》なるものだとわかってからは、利用されてきたらしかった。

前に聞いた話と合わせて考えれば、約束させられた仕事…というのは、父親が仁に押しつけたものなのだろう。瞳が推測していると、仁がそれに答えるように説明する。

「あの時、瞳の側を離れなくてはならなくなったのも、あの人がおかしな真似《まね》をしたせいだったんです。俺は本当に…すぐに戻るつもりだったのですが、騙《だま》されたせいもあって…六年も…」

「あ…あのな、ちょっと待ってくれ。本当に…おじさんは亡くなったのか？」

「もう二年近く、音信不通なんです。噂ではかなり危ないことに首を突っ込んでいたようですから。自業自得です」

きっぱりと言い捨てる仁には、やはり哀しみの欠片《かけら》も見当たらない。険悪な仲であったと、見聞きしていても、実の親子だ。複雑な気分になる瞳の心情を読み取り、仁はすっと表情を厳しくして、「ごめんなさい」と謝った。

「こんな言い方は…瞳には理解できないかもしれませんね。けれど…あの人とは実の親子でも、普通の関係ではなかったので。俺は…あの人が死んだことよりも、瞳のパパとママが亡くなったことの方がショックで……とても哀しいです」

「……」

先ほどとは違い、仁が本気で哀しんでいるのが伝わってきて、せつなくなった。仁は正直に自分の気持ちを吐露しているに違いない。いつの間にか穂波家に居着いていた仁を、瞳の両親は息子たちと同じように可愛がった。そんな両親を慕い、本当の家族ができたみたいだと仁がしみじみ喜んでいたのを、鮮明に覚えている。まるで子供みたいに。

「……瞳。聞いてもいいですか？」

静かな声が聞こえて、瞳ははっとして仁を見る。自分や…穂波家の皆を気遣う仁は、とても優しかった。それは昔も今も変わらないのだ。ゆっくりと頷いた瞳に、仁は闇に溶けていくみたいな儚《はかな》げな声音で尋ねる。

「パパとママはどうして…？」

「…渚たちに聞かなかったのか？」

「……」

沈痛な面持ちで、仁は首を横に振る。瞳は小さな溜め息をついてから、両親が亡くなった経緯を話した。

「交通事故だったんだ。たまたま…二人とも夜勤で、一緒に帰ってくる途中だった。センターラインを越えてきたバイクを避けようとしてガードレールにぶつかって…。即死だった」

瞳が凶報を受け取ったのは、二次試験の前日だった。医師だった父は地元の中核病院に勤務しており、母も看護師として同じ病院で働いていた。その日は二人とも夜勤で、一台の車に同乗して出掛けていた。

両親の事故死をきっかけに、瞳の人生は大きく変わってしまった。成績優秀だった瞳は志望する大学にも合格は確実だと言われていた。両親が生きていれば、ちょうど医学部を卒業し、医師の卵になれていた頃だ。

高校の教師からは諦めずに進学するよう、強く勧められた。しかし、瞳には幼い弟が二人いて、希望する大学に通いながらその面倒を見ることはとてもできなかった。頼れる親戚《しんせき》はなかったし、瞳が進学を諦めることが、問題を解決する一番の近道だったのだ。

それに経済的な問題もあった。保険金や賠償金など、まとまった額が穂波家にもたらされたが、兄弟三人ともが大学まで卒業するには、心もとない金額だった。特に医学部はどうしたって金がかかる。瞳は自身の進学を諦め、いろいろと融通をきかせてくれる渋澤製作所に世話になった。

「…お前がいなくなって……二ヶ月くらい後かな。二月の…寒い日だった」

「……瞳…」

苦しげな声音で名前を呼び、仁が瞳へ手を伸ばす。本来ならばさっと避けなくてはいけないのに、哀しみを思い出して心が揺らいでいたせいか動けなかった。仁は瞳の腕を掴み、そっと引き寄せる。

「瞳……」

優しく抱きしめられると、仁の温かさが感じられる。相反する気持ちを抱きながらも、瞳は目を閉じた。両親が亡くなったのは六年も前の話で、とうに気持ちの整理はついているはずなのに、つい昨日のことみたいに思えるのは、仁が本気で哀しんでいるのが伝わってくるからだ。

こうやって自分を慰めてくれる相手はいなかった。弟たちが涙を流し、両親の遺体に縋《すが》る姿を見て、自分がしっかりしなくてはと思った。だから、瞳は一度も涙をこぼしていない。そんな余裕がなかった。

あの時…もしも、仁が側にいてくれたら。自分は泣けたのだろうか？

「……もう……昔の話だ…」

掠れた声で言い、瞳は自分を抱きしめている仁から離れた。俯いたまま溜め息をつき、顔を上げる。仁の方が泣きそうな表情をしているのを見たら、苦笑が漏れた。

「変な顔すんなよ」

「…だって……瞳…」

「お前が泣いてどうする。それにもう六年も経ってんだぞ」

「…ごめんなさい。そんな大変な時に…側にいられなくて…。俺が瞳を支えられたら…瞳の夢も叶《かな》ったのに…」

夢と仁が言うのを聞いて、瞳はふっと昔に戻ったみたいな気がした。仁と一緒にいた頃、夢の話をした。父親と同じ医師になって、地域医療に貢献したい。それが瞳の夢で、そのために一生懸命勉強するのを仁は応援してくれた。瞳ならきっと素敵な医者になれますから。そんな仁の言葉は励みにもなったのだ。

「……」

久しく…両親が亡くなってからずっと、夢なんて言葉自体、忘れていた。今はもう遠い話だ。瞳は緩く首を振って、俯く。やはり、夜は冷える。無愛想な口調で「帰るぞ」と仁を促した。

穂波家へと向かう途中、斜め後ろをついてくる仁をちらりと振り返った。その肩には例のデイパックがかけられており、小さく溜め息が漏れる。あの中に入っている札束をどうしたものか。銀行に口座を作って入れさせる？　いや、その前に。仁の国籍はどこにあるのか。

「………」

考えるほどに面倒になり、玄関に着く頃には思考を放棄した。なるようになるだろう。そう思おうと決め、ドアを開けると、弟二人が並んで待ち構えていた。思わず後ずさった瞳に、渚と薫は固い顔つきで尋ねる。

「兄ちゃん、仁くん、いた？」

「隣じゃないんだったら、どっかで迷子になってるかもしれないから…」

心配げに言いながら、瞳の背後に仁が立っているのを見つけた二人は、ぱっと表情を変える。嬉しそうに笑い、「仁くん！」と高い声をあげた。

「仁くん、いたんだ」

「よかったー。どっか行っちゃったのかと思った」

「心配かけてごめんなさい」

「いいって、いいって。入りなよ。今日、結構冷えてきてるからさ」

階段の下を不安げな顔で覗き込んでいたのはついさっきのことなのに、渚も薫も、戸惑いなんてすっかり忘れた顔で仁を迎え入れる。弟たちが自分と同じく、切り替えの早い性格でよかったと思いつつ、瞳は無愛想に二人を叱った。

「お前ら、風呂入って寝ろって言っただろ。…ほら、仁は上。明日も学校、あるんだからな。さっさと寝ろ」

そのままついてきそうな渚と薫を牽制《けんせい》し、仁だけを連れて二階へ上がる。昨日は夜中だったのもあり、毛布だけ渡してソファで眠らせたが、今晩は冷えてきているし、風邪をひかれても困る。

居間の隣にある自室に入った瞳は、クローゼットの奥から客用の布団を取り出した。ずっと使っていないが、ビニールケースに入っていたし、大丈夫だろう。少なくとも、埃まみれの隣家よりはずっとマシだと考え、仁を呼びつけて運ぶのを手伝わせる。

「これを使え」

「え…瞳と同じ部屋で?」

「バカ。お前は居間だ」

いいように勘違いする仁を、瞳は顔を顰めて叱る。ごめんなさい…と反省し、布団を運んでいくかと思ったのに、仁ははっとしたような顔でクローゼットの入り口に突っ立っている。

「なんだよ?」

「…いえ。瞳を好きになった時のことを思い出してしまって…」

「…?」

嬉しそうに微笑んでいる仁は、うっとりしているようにも見える。怪訝に思う瞳が眉をひそめるのも目に入らない様子で、先を続けた。

「昨夜みたいに…あの時は小さな渚と薫を連れていましたが…瞳は俺を迎えに来てくれたんです。ソファで寝ていた俺に『大丈夫か?』と声をかけてくれて…こんなところで寝るなと忠告してくれたのに、眠かった俺が動こうとしないと、『バカ』って言ったんです」

「……」

まったく記憶にないが、仁が覚えているのならば、確かなのだろう。それに「バカ」というのは自分の口癖でもあり、納得できた。しかし、仁にとっては口癖では済まない大事だったようだ。

「俺に『バカ』と言ったのは、後にも先にも瞳だけです。迷いのない、まっすぐで純粋で正直な瞳を…好きになったんです」

仁が語るのを聞きながら、瞳は昔もよく似たような話を耳にしたなと思い出していた。バカという罵りがきっかけだったというのは、はっきり覚えていないが、どうして好きなのかという説明はうんざりするほど聞かされた。

自分のことを本当に…純真な気持ちで心配してくれるのは瞳と、穂波家の皆だけです。瞳とその家族を、私は心から愛しています。仁がそう言うのを、瞳は内心で躊躇《ためら》いながらも、好意の一つとして受け取っていた。

仁はハーフだというし、日本人とは感覚が違うのだ。家族にも恵まれなかったようだし、家族愛に飢えていて、ついでに妄想も膨らませているのだろう。だから、過剰な表現をするのだ。そう理解していたのだが、間もなくして、瞳は仁がそういう意味で自分を「愛して」いるのだと気づかされた。

「…わかった。とにかく、布団を向こうへ持っていけ」

「了解しました」

大柄な仁は嵩のある布団セットを運ぶのも苦ではない。軽々と運んでいき、居間でケースを開けた。シーツを持ってきた瞳は、仁が取り出した布団に手際よくかけていく。

「これは…以前、使わせてもらっていた布団ですね」

「だと思う。…ずっとしまってあったから多少埃臭いかもしれないが…あっちよりはマシだろ。明日、干しておくから」

「……瞳」

「なんだ？」

「俺はここにいてもいいんですか？」

小さな声で仁に確かめられた瞳は、すっと眉をひそめた。また「バカ」と言ってしまいそうになり、言葉を飲み込む。罵れば、仁を喜ばせてしまうだけだ。敷き布団にシーツをかける作業の手を止めないで、「何言ってんだ」と無愛想に告げた。

「とても人の住める状況じゃないから、隣のよしみで助けてやってるだけだ。さっさと家を直して、あっちに行けよ」

「直さなきゃ…いけないところが？」

どこにあるのかと、真面目な顔で聞き返す仁に、瞳はとうとう「バカ」と言ってしまう。また、嬉しそうに微笑む仁を、ほとほと疲れた気分で見て、説明した。

「あのな。ずっと放置してあったんだぞ？　大体、前の時だってろくに手入れもせずに住み着いてたんだし。あんな埃臭くてかび臭いところ、いるだけでも身体に悪そうだ。俺は昼間、入ってないからわからないけど、床板だって腐ってるかもしれない。どうだったんだ？」

「何がですか？」

「だから、今日、昼間は隣にいたんだろ？　電気が通ってなくても、昼間だったら明るいから、中の様子がわかったんじゃないのか」

「いえ、隣にはいませんでした」

「じゃ、どこにいたんだよ?」

「家の前に」

帰宅した際、ちらりと頭を過《よ》ぎった予想が当たっていたのだと知り、瞳は溜め息をついた。シーツをかけ終えた敷き布団をソファの横に広げ、今度は掛け布団を引き寄せる。

「一日じゅう、うちの前で待ってたっていうのか」

「はい。でも、ちゃんと門の外にいました。薫が帰ってきて、入れてもらったんです。瞳との約束も守りました」

自慢げに言う仁の顔は誇らしげにも見える。今日は終日晴れて、暖かかったけれど、丸一日外で待っていたというのは…。それに。

「…じゃ、飯も食わずに?」

「朝、瞳がご飯を食べさせてくれたので、平気でした。それにどこかに出掛けたりして、戻ってこられないと困りますし」

仁が真面目に言うのを聞き、瞳はある重大な事実を思い出した。仁は恐ろしく方向音痴なのだ。以前も、お使いを頼んだだけで迷子になり、パトカーで送られて帰ってきたことがある。

そんな事実を思い出していた瞳は、そこで、またはっとする。あれほど方向音痴の仁が、一人でよく戻ってこられたものだ。しかも、六年ぶりに。

「……お前…やっぱ、ここへ戻ってくる時も迷ったのか？」

尋ねながらも、瞳の脳裏には路上で倒れていた仁の姿があった。薄汚れた格好で行き倒れていたのは…。

「はい。日本にはちょうど、桜が満開の頃に着いたんですが…。以前は父親に連れてこられたので、さっぱり方角がわからなくて。住所をメモしておかなかったのは、本当に失敗でした。なんとか記憶を辿《たど》って、ここに着くまでに、桜も散ってしまいました」

「……」

仁の話を聞いた瞳は唖然としてしまい、カバーをかける手も止まる。今年は三月半ばから暖かい日が続いたせいで、開花も早かった。たぶん、仁は二週間以上は探し歩いていたに違いない。

まったく呆れた奴だと思いながら、再び手を動かす。用意の調った掛け布団をふわりと広げ、枕《まくら》にもカバーをかけた。

「…よし、できた」

「ありがとうございます。瞳は本当に綺麗《きれい》好きですね」

「……」

お前の感覚がおかしいのだと反論する気にもなれず、瞳は「さっさと寝ろよ」と言い残して、風呂に入るため、一階へ下りた。仁にうるさく言っても埒《らち》があかないだろうから、自分が先頭を切って隣を住めるような状態にするしかないのか。

厄介事を抱え込んでしまったという後悔もあるが、それだけでないのも確かだ。それが一番厄介かなと、瞳は難しい顔で大きな溜め息をこぼした。


週休二日の企業が多い昨今であるが、渋澤製作所では昔から土曜日は半日だけ出勤と決まっている。学校は休みであるので、弟たちを起こす必要はない。弁当も必要ない土曜は、いつもよりもゆっくり寝ていられる。瞳は七時頃にベッドを抜け出すと、居間で寝ている仁を横目に見て、キッチンへ入った。

土曜は各自で朝食を取ることになっている。それでも瞳は渚たちの分まで、米を炊き、みそ汁やおかずも作っておく。一人分作るのも、三人分作るのも同じだ。それが四人分に増えようとも。

「瞳」

「わ…っ」

黙々と朝食の準備をしていた瞳は、突然呼びかけられたのに驚き、冷蔵庫から取り出した味噌《みそ》を落としそうになった。振り返れば、いつの間にか起きてきた仁が申し訳なさそうな顔をしている。

「驚かせてすみません。瞳は今日も仕事ですか?」

「…ああ。土曜だから半日だけどな。起きたなら、お前も一緒に食うか?」

「いいんですか?」

嬉しそうに笑う仁に、布団を片づけてこいと命じる。急いで居間へ戻りかけた背中に、瞳は指示を変更した。すでに太陽が出ているし、天気もよくなりそうだ。ついでにテラスに布団を干しておけと言う瞳に、仁は頷いた。

ご飯に納豆、目玉焼きに昨夜仕込んでおいたキャベツの浅漬け。みそ汁はじゃがいもとわかめ。シンプルな朝食の用意が調い、仁と向かい合わせに座って手を合わせる。

「いただきます」

「いただきます。…渚と薫は?」

「あいつら、土曜は学校休みだから起きてくるの、遅いんだよ。勝手に食うから大丈夫だ」

「そうですね。渚も薫も大きくなりましたから」

感慨深げに仁が言うのを聞きながら、瞳は箸を動かす。仁の記憶にあった渚と薫は小学生の子供で、再会してもすぐにはわからないほどだったに違いない。渚はともかく、薫はまだ小さかった。

「…楽になったよ」

ぼそりと呟き、混ぜた納豆をご飯にかける瞳を、仁は何か言いたげな顔で見つめた。うまい言葉が出てこなかったらしく、頷くだけで、みそ汁のお椀《わん》を手にする。瞳は少しほっとして、納豆の容器を置いた。

大変でしたね。自分が側にいれば。そんな言葉はそうそう繰り返すものでないと、わかっているのだろう。仁はおかしいところも多いが、気遣いのできる男だ。

実際、両親が亡くなってから、瞳の毎日は闘いのようなものだった。それまでも母親が看護師として三交代勤務で働いていたから、いろいろと助けてはいたが、まったくいなくなるというのは話が違った。

幼い弟たちが必死で自分を気遣っているのもわかり、全力でできる限りのことをしてきた。渚が高二、薫が中二となった今は、以前の苦労を懐かしく思える。

「…このキャベツ、美味しいですね」

「千切りしたのを塩で軽く揉《も》んで、酢と醤油を垂らしただけだぞ」

「酢…ですか。それにしてはあの独特の匂いがないです」

「リンゴ酢なんだ。ちょっと値段は張るが、こういう味つけには向いてるから」

「値段が張る…」

真面目な顔で繰り返す仁に、瞳は慌てて「大した金額じゃない」と訂正した。瞳が言うのは百円二百円の世界なのだが、仁なら拡大解釈しかねない。なんたって、からあげ用の肉を買うための代金にと、札束を出した男だ。

「……」

ふと、昨夜のことを思い出し、瞳は微かに眉をひそめる。そういえば、一千万以上の現金が…外国紙幣であるが…うちにはあるのだ。いくら山間の一軒家だとはいえ、昨今の犯罪事情を考えれば物騒だ。

「…お前…。あの金、あのままにしておく気か？」

「……まずいですか？」

「物騒じゃないか。あんな大金…」

「……大金…ですか…？」

神妙に聞き返す仁は、あれだけの札束を大金だとは思っていない様子だった。仁の常識が自分のそれと大きく違っているのはわかっている。仕事に出掛けなくてはいけない朝に、仁と話をするのも無理がある。帰ってきたら話し合おう…と告げ、瞳は残りのご飯をさっと食べ終えた。

片づけを仁に任せ、一階へ洗濯物を取りに行こうとすると、「瞳」と呼び止められる。

「洗濯なら俺が干しておきますから」

「でも…」

「安心してください。俺には時間がたっぷりありますし、料理と違って、掃除や洗濯は得意です」

にっこり微笑む仁に笑みを返し、瞳は「頼んだ」と言って、出掛ける用意をする。弁当がないのを見て、いいんですか？　と聞く仁に、昼間までの仕事なのだと説明した。

「家に帰ってきてから食べるよ。それでも昼は過ぎるから、お前は渚や薫と一緒に適当に食っててくれ」

「わかりました」

水筒を入れたデイパックを肩にかけ、一階へ下りる瞳の後に仁が続く。玄関を出てもついてくる仁を、瞳は怪訝そうに…少し照れくさそうな表情も混ぜて…振り返った。

「なんだよ。見送りとか、いらないぞ」

「いえ。門のところまでは…。…それから、瞳。俺はここにいてもいいんでしょうか？」

「……」

真剣な表情の仁に聞かれて、瞳は一瞬言葉に詰まった。昨夜も聞かれたけれど、ちゃんとは答えなかった。出ていけと言ったり、連れ戻しに行ったり。仁が戸惑うのももっともだと思う。自分の行動を反省しながら、仏頂面で自転車に跨った。

「……あいつら、まだ寝てるし。何かあるといけないから、いてやってくれ」

渚も薫も、もう幼い子供じゃない。仁に面倒を頼む必要などどこにもないのだが、自分の複雑な態度をちゃんと説明することはできなくて、乱暴な言い訳として使った。仁はにっこり笑い、「わかりました」と頷く。

「瞳はいつ帰ってくるんですか?」

「帰りに買い物してくるから…一時くらいかな」

「気をつけて。お仕事、頑張ってください」

見送りはいらないと言ったばかりだけど、仁が門を開けて送り出してくれるのは、正直嬉しかった。仁がいた頃は、同じように毎朝、見送ってくれた。それに慣れ、当たり前だと思うようになった頃、失った。

人の心は苦い記憶ほど、鮮明に覚えているものなのかなと思いながら、瞳は長い坂道を自転車で下りていった。


職場が近づくにつれ、今度は違う気がかりが頭に浮かび始めた。埴輪はどうするつもりなのだろう。娘のところに行くつもりはないと、はっきり聞きながらも、瞳の中で不安が燻《くすぶ》り続けていた。

しかし、実際には何が起こっているわけでもないので、いつも通りの土曜日だった。取引先のほとんどは休みだから、電話も鳴らず、月曜の朝一で引き取りに来る製品の準備をのんびり行う。他にも機械の修理をしたり、検品をしたり、一週間を無事に乗りきるための段取りに時間が費やされる。平均年齢が高い渋澤製作所では、普段の無理がきかないので、そういう細かな調整が重要であった。

昼になり、片づけをして仕事を終えると、瞳はいつものスーパーひよどりではなく、勤務先から自転車で十分ほどの大型スーパーへ向かった。毎週土曜は食パンが安売りされるのだ。

ついでに夕食の食材も…と考えながら買い物かごを手にした瞳は、渚たちが歓迎会がどうのと言っていたのを思い出した。薫がからあげを作ると言って、鶏肉だけ買ってくれと頼まれていた。

「……」

仕方ない…と思いながら、しぶしぶ精肉コーナーへ向かうと、そのスーパーでは鶏もも肉に瞳がとても購入できない値段がついていた。むね肉でさえも高い。別の店に行かなくては。安売りのパンと、他にも特売品だけを購入し、瞳はいったん自宅へ戻ることにした。

自分で料理すると言っていた薫を連れ、スーパーひよどりへ行こう。坂道を上がり、穂波家に着くと、ガレージに弟たちの自転車がなかった。

「……？」

どこかへ出掛けたのか。買い物袋を手に家へ向かう。玄関も鍵がかかっており、家の中には仁もいなかった。

「どこ行ったんだ。三人で出掛けたのか…？」

からあげ用の肉を買いに出掛けた可能性は高い。渚と薫に金はないが、仁は札束を持っている。ただ、ドルとユーロだ。

「土曜って…銀行休みじゃないのか」

ＡＴＭなどは開いているだろうが、外国紙幣からの両替ができるという話は聞いたことがない。観光地でもない日本の田舎《いなか》で、ドルやユーロが使えるわけもない。どうしてるのかと訝しみつつ、買ってきた食材をしまっていると、ふと、あたりが綺麗になっているのに気づいた。

「……」

瞳は毎日働いているし、弟たちも学校がある。日々掃除するのは風呂くらいで、あとは気になったところに掃除機をかける程度で、休みである日曜にまとめてやることにしている。キッチンもいつも日曜にざっと掃除するのだが、それがぴかぴかになっているのは…。

「…あいつだな…」

土曜はいつも昼近くまで寝ている渚と薫が掃除したとはとても思えない。それに二人がやったにしては、綺麗になりすぎている。仁は料理以外の家事は上手にこなす。かつて仁が居着いていた頃の穂波家はいつもぴかぴかだった。

まるで昔に戻ったみたいだ。両親は亡く、通う先は高校から職場に代わり、弟たちは大きくなって…と、いろんな変化はある。けれど、仁は同じ笑顔で見送り、出迎えてくれるつもりなのだろう。

　このまま、細かいことは気にせずに仁という存在を受け入れて過ごしていくべきか。しかし、それには問題もある。仁がここに戻ってきたのは、自分を「愛している」からだ。その大問題さえなければ…。

「……なければ…？」

　仁が側にいてもいいと思えるのだろうか？　便利だから？　瞳は自分の気持ちに首を傾げ、小さな溜め息をつくと、鍋を取り出した。めんどくさくなって、昼食はインスタントラーメンで済ませてしまおうと決める。

　棚から袋入りのラーメンを取り出し、何か具材はないかと冷蔵庫を開けた時だ。階下から「ただいま～」という声が合唱で聞こえてくる。

「お帰り」

　ひょいと台所から顔を出して返すと、両手に買い物袋を提げた渚が上がってくるのが見えた。仁がパトロンだとはわかっていたが、普段ではありえない量の買い物袋だ。

「どこ行ってたんだ？」

「仁くんとさ、あっちの…スーパーとかいろんな店が入ってるとこあるじゃん。あそこ」

「ああ……」

　渚が言うのは、穂波家から自転車で三十分ほどのところにできた、大型ショッピングモールのことだ。彼が手にしている買い物袋も、そこに入っている衣料品メーカーなどのものだとわかる。

あそこではドルが使えるのか？　不審げに見ていると、続いて薫と仁が上がってきた。

「兄ちゃん、ただいま」

「お帰りなさい、瞳。勝手に留守にして、ごめんなさい」

「それはいいが……歓迎会とやらの鶏肉を買いに行ってたんじゃないのか」

三人が手分けして運んできた買い物袋は、食品だけでなく、様々な店のものだ。怪訝に思って聞いた瞳に、もっともな答えが返された。

「だって、仁くん、着替えもないし。靴も破れてたから」

「それにしたって……お前、あのドルで支払いを？」

「いえ。カードが使えたので」

「……」

にっこり笑って返され、瞳は何も言えなかった。確かに、今時はどこでも…生鮮食品を扱うスーパーだって、大型の店ならば…クレジットカードで支払いができる。しかし、カードで支払うためには口座に預金が必要だ。

「カードって…、お前…カードなんて持ってたのか。ええと…その口座に、あの金を入金するってことか？」

「いえ。銀行口座には別のお金が入っています」

「………」

仁はさらりと言うけれど、それが途方もない金額の予感がして、瞳は目眩《めまい》を覚えた。考えないようにするのが一番だとわかっていても、いろいろ考えてしまう。しかし、一つだけ利点もある。銀行口座があるならば、あの現金を入金することができる。

ただ……日本の銀行ではない気がして、瞳はまた頭を抱えそうになった。自分が考えてもどうしようもない。瞳は問題を先送りにしてキッチンへ戻る。鍋で沸かしていた湯がぐらぐらと煮立っていて、慌てて火を細めた。インスタントラーメンを手にするのを見た薫が、ストップをかける。

「兄ちゃん、ちょっと待ちなよ。今、からあげ作るから」

「時間かかるだろ?」

「お腹空いてるなら、これでも食べておいて」

そう言って薫はキッチンへ持ち込んだ買い物袋から、豪華な握り寿司が入ったパックを取り出した。イクラや帆立、ウニといった極上のネタも見られる。

「お前……人の金だからって…」

「だって、お祝いだし?」

「何言ってんだ。仁が帰ってきたお祝いなんだろ? 本人に金を出させてどうする?」

「瞳、いいんです。お金ならいくらでもありますから。それよりも薫と渚と一緒に買い物に出かけられて嬉しかったです」

「……」

お金ならいくらでも、なんて。ありえない台詞を吐く仁に、瞳は眇めた目を向けた。どういう素性の金なのかもわからないのに、使えるか！　という文句も浮かんだが、口にはしなかった。金は金だ。その出どころを怪しむ気持ちはあるが、綺麗だとか汚いだとか道徳的観念を追及するような余裕は穂波家にはない。

取り敢えず、聞かなかったことにしよう。瞳はまた問題を先送りにし、薫に渡された寿司のパックを手にダイニングテーブルへ向かった。ごちそうを作ると薫は張りきっているが、ある程度時間がかかる。朝食を食べたきりの瞳にはとても待っていられなかった。

「瞳。お茶を飲みますか？」

「ああ」

仁の声に返事し、瞳は寿司のパックを開ける。穂波家では滅多にお目にかかれない上等な寿司につられ、渚が買い物してきた仁の衣類を手に近づいてきた。

「うまそう～。いいなあ、兄ちゃん」

「なんだ。お前も腹減ってるのか？」

「朝飯は食ったんだけど…遅かったから、昼はまだ」

羨ましそうに見る弟が不憫《ふびん》に思えて、なんでも好きなものを食べていいぞと勧める。渚は遠慮なく、イクラの軍艦をひょいとつまみ、口へ放り込んだ。

「うまい。イクラ、何年ぶりかな」

「大袈裟《おおげさ》なことを言うな」

侘《わび》しいことを言う渚に、大黒柱でもある瞳は顔を顰める。そこへお茶を運んできた仁は、これも食べてくださいと、他のパックを勧めた。

「お前ら、どんだけ寿司買ってきたんだ」

「渚と薫が喜ぶものですから。特上のを五パックほど」

「からあげだって言ってただろ?」

「からあげは今から作る!　鶏肉も特上だよ」

「そんなもん、揚げてしまえば味は同じだ!」

台所から報告してくる薫に言い返し、瞳は帆立の寿司を頬張った。とろりとした甘さが口の中に広がる。渚じゃないが、こんな美味しい寿司を食べるのはいつ以来だろう。穂波家で呈される寿司と言えば、スーパーの助六くらいだ。

生もののネタが載った握り寿司なんて、たぶん、法事以来食べていない。三回忌の際、顔を出してくれた親類が寿司を取ってくれた。まだ小学生だった薫に「今度の法事はいつ?」と聞かれ、四年後だと答え、がっかりされた思い出がある。

「……何してんだ?」

テーブルに並んだ寿司をつまみながら、斜め前に座った渚は新品の衣類を手にしている。不思議そうに聞く瞳に、タグを外して一度洗濯するのだと説明した。下着類に靴下、シャツにジーンズ。買い込んできた衣類は結構な量があり、椅子に積み上げられていく。

「たくさん買ってきたなあ」

「仁くん、ショップのお姉さんにもてもてで。あれもこれもって勧められるんだ」

「いいカモに見えたんじゃないのか」

「そうでもないでしょ。何着ても似合うからって意味だと思うよ。仁くん、あのかっこだったし、俺たちも似たようなもんで、どっから見たって金なさそうじゃん」

渚は肩を竦めて、キッチンで薫を手伝っている仁を指す。昨夜、仁が渚に借りた着替えは長袖のTシャツにジャージという、ラフな普段着だった。見ようによっては寝間着同然である。それでも魅力的に見えるのは、素材が極上だからであろう。

「仁くん、格好いいし、優しいし……スマートっていうのかな。周囲への気配りが上手で、仁くんに会った人、皆が仁くんを好きになるのがわかるんだよね」

「……」

そういう感覚は瞳にも心当たりがあった。仁と一緒にいた半年と少しの間。極度の方向音痴ぶりも影響し、仁はほとんどを穂波家で過ごしていたが、瞳と一緒に出掛けることもあった。高校や、図書館、買い物先のスーパでさえも。仁は出会う人々皆から慕われた。

渚の言う通り、仁は見目がよいだけでなく、優しくて賢い。そんな仁がどうして自分などを「愛してる」と言うのか。理解できなかったのを思い出し、瞳は微かに眉をひそめて鉄火巻きを頬張った。

「ちょっと、兄ちゃんと渚！　あんまり食べてると、からあげが食べられなくなるよ」

「大丈夫。からあげは別腹」

「太るぞ」

渚にちくりといやみを向け、瞳は箸を置いてテラスへ向かった。洗濯物を取り込んでいると、仁がやってくる。

「瞳。ここは俺がやりますから、薫を手伝ってあげてください。その方が捗《はかど》ります」

「悪いな」

気遣いに礼を言い、中へ戻ろうとした渚は、ふと仁を見た。目が合うだけでにっこりと笑ってくれる。こんなふうに微笑む仁を嫌う人間はいないだろう。一緒に出掛けて、仁が誰からも好かれることに、小さな嫉妬心《しっとしん》を抱いた幼い自分が甦ってくるような気がして、瞳は目を伏せる。

「瞳…？」

「…なんでもない。……ありがとうな。あいつらの我儘《わがまま》、聞いてくれて」

「我儘なんて。俺は渚と薫が喜ぶ顔を見られるだけでしあわせですから」

「ああ。だから、ありがとうって言ってる」

仁が二人の弟を大切に…家族のように思ってくれているのは、わかっている。昔もそうだった。だからこそ、両親も息子と同様に仁を可愛がっていたのだ。瞳は仁に笑みを向け、小さく頭を下げて家の中へと戻った。


瞳がキッチンに入ると、大きなボウルいっぱいに鶏肉が漬け込まれていた。生姜やにんにくの匂いが充満している。こんなに大量に作っても…と訝しむような量だが、育ち盛りの渚と薫はからあげを吸い込むように食べるから、きっちりなくなるだろう。

「からあげ、食べ放題って夢だったんだよね」

穂波家の財政状況では、一食に鶏もも肉二枚が限度だ。それを三人で分けると、どうしたって一人、五個くらいしか食べられない。こんな機会は二度とないかもしれない…と薫は真剣な表情で揚げ油を用意する。薫は幼い頃から揚げ物が好きで、それが高じて自分で作るようになった。中でもからあげに対する情熱は人一倍だ。

「一気に肉を入れるなよ。温度が下がるぞ」

「わかってる。揚げ物は任せておいて」

買ってきた寿司とからあげ以外のメニュウは考えていないと聞き、瞳は薫の横で汁物を用意した。特売のもやしを買ってきてあったので、ひげ根を取ったそれと、油揚げを具にみそ汁を作る。あとは、ブロッコリーを茹で、ミニトマトと一緒に盛りつける。それに茹でた卵を切って添えると、豪華なサラダになった。

「うまそう〜。味見、味見」

「だめだって、渚！　渚が味見するとなくなるじゃん」

「そこまでは食べないよ」

「おい。それより、テーブル拭いて。皿出して。仁を手伝えよ」

味見を巡る兄弟喧嘩は時に深刻な事態を招きかねない。瞳は早々に注意し、食卓の用意を調えさせる。大量のからあげが出来上がり、大皿に山盛りにしてテーブルへ運ぶと、それだけでお祝いムードが盛り上がる。

「からあげに加えて、寿司まで！　こういうのを盆と正月がいっぺんに来たって言うんじゃないの」

「うちの盆と正月がいっぺんに来たって、こうはならないけどね」

「何言ってんだ。普段が質素だから、ありがたみも大きいんだろう。ほら、グラス。お茶は……」

「ここにあります。瞳。ビールを買ってきたのですが、飲みませんか」

「……」

冷蔵庫からお茶の入ったペットボトルを運んできた仁は、反対の手に缶ビールを持っていた。一緒に飲まないかと勧められた瞳は、一瞬躊躇《ちゅうちょ》したものの、まあいいかと思い、頷く。

四人が揃って席に着くと、渚と薫が揃って「仁くん、お帰り」と声をかけ、乾杯した。昨夜、仁のデイパックから驚くようなものを発見した時には、躊躇いを覚えている様子の二人と仁の間に、溝みたいなものが生まれてしまうんじゃないかと、瞳は内心で危惧《きぐ》していた。しかし、弟たちは気持ちを切り替えた様子で、仁に対する態度はいつも通りだった。賑やかにからあげや寿司を頬張る姿は微笑ましいもので、瞳もいろんなことを忘れて目の前の食事を楽しんだ。

寿司はもちろん、薫の作ったからあげも美味しくて、箸が進む。同時に、仁が勧めてくれたビールもつい、杯を重ねていた。しまった…と思ったのは、目の前に座る仁が不思議そうな顔で見ているのに気づいた時だ。

「……瞳」

「…ん？」

「顔が……とても赤いのですが……」

控えめに指摘され、瞳ははっとして頬を押さえる。食事に夢中になっていたので、最初の気がかりを忘れていた。触れた頬は熱くて、真っ赤になっているのが鏡を見なくてもわかる。

瞳はアルコールに特に弱いわけでもないのだが、すぐに顔が赤くなってしまう。だから、外ではあまり飲まないようにしているし、飲酒の習慣もない。以前、仁といた頃は未成年だったから、酒を飲む機会はなかった。

「大丈夫。すぐに赤くなるんだ。酔っぱらってるわけじゃない」

「そうなんだよね。兄ちゃん、ビール一口で真っ赤になるもん」

「…のわりに飲むけどね」

「うるさい。体質なんだから仕方ないだろ」

「可愛いですね」

弟二人にからかわれ、瞳が眉をひそめて反論していた時だ。仁がぽろりとこぼした言葉に、渚と薫が目を丸くする。瞳は物凄《ものすご》い険相になり、テーブルの下で仁の脚を蹴飛《けと》ばした。

「っ…あ……ごめんなさいっ…。いえ、その……」

「…兄ちゃんが……可愛い？」

「子供っぽいってこと？」

首を傾げる弟二人は意味がわかっていないらしく、内心でほっとしながら、「さっさと食え！」と強引にごまかす。余計なことを言うなと仁を睨みつけ、瞳は勢いでビールを飲み干した。

そのまま、つい、飲み続けてしまい…。

「兄ちゃん、そんなところで寝てると風邪ひくよ」

「自分のベッド、行けよ」

「……。…わかってる」

弟たちの忠告を聞いた瞳は無愛想に返事をしたものの、ソファから動こうとしない。ごちそういっぱいの宴会中、仁の思わぬ発言に動揺した瞳は、飲み慣れていないアルコールをいつもより余計に飲んだ結果、途中でつぶれてしまった。

強力な睡魔に襲われ、自らふらふらとソファに向かい、倒れるようにして眠った。心配して声をかけてきた渚と薫にも、あやふやな返事しかできない。

「渚、薫。あとは俺が見ておきますから。どうぞ下で休んでください」

「ごめんね、仁くん」

「何かあったら呼んで。手伝うから」

仁の勧めで弟たちが一階へ下りていく足音が聞こえる。浅い眠りの中で、瞳は夢見心地な気分で仁の声を聞いた。

「瞳。大丈夫ですか？　気持ちが悪いとか…頭が痛いとか、ありませんか？」

「…ん……平気…」

「…では、向こうで眠った方が…」

失礼…と言う声が聞こえたのと同時に、身体に触れられた。一瞬、身を固くしたが、仁が部屋へと運んでくれるのだと悟り、瞳は小さく息を吐く。自力ではとても移動できそうになかった。

居間の隣にある自室のベッドにそっと下ろされ、「ごめん」と細い声で謝る。布団をかけてくれた仁が、傍らに跪く気配を感じ、瞳は目を開けた。

「……悪い…。ちょっと……飲みすぎた…」

「何か欲しいものはありませんか？　お水とか…」

瞳が頷くのを見て、仁はさっと立ち上がり、水を取りに台所へ向かった。すぐにグラスに注いだ水を持ってきて、瞳に渡す。肘《ひじ》を突いて起き上がり、水を飲んだ瞳はグラスを仁に戻して「ごめん」とまた詫びる。

「謝らなくていいです」

「だって…」

「…俺が余計なことを口走ってしまったせいですよね。ごめんなさい。瞳と約束したのに」

謝らなくてはいけないのは自分の方だと言い、仁は申し訳なさそうに頭を下げる。気づいていたのかと苦笑し、瞳は「じゃ」と言った。

「お互い様だな」

「……」

俯かせていた顔を上げ、仁は瞳を見つめる。茶色がかった仁の目と、視線が合っただけで、少し先の未来が見えた。だから……避けることもできたのに、瞳は動けなかった。

「…………」

すっと首を伸ばした仁の顔が近づいてくる。その唇が触れる瞬間、瞳は仁を突き飛ばしたりせず、目を閉じた。お互いの体温が感じられる程度の、他愛のない口づけで、仁は離れていく。

仁と初めてキスをしたのは、高校生最後の夏休みが終わる頃だった。夏休みに入って仁と過ごす時間が長くなり、自然と親密度も増していた。そういう意味での「愛情」を隠さなかった仁に対し、瞳は戸惑いを抱きつつも、拒めない自分がどんどん大きくなっていくのを見つめるしかできなかった。

最初はこんなふうに……触れるだけのキスだった。目を開けた瞳は、仁が真剣な表情で「ごめんなさい」と謝るのを、複雑な気持ちで見つめる。

「……バカ…」

吐き捨てるように言い、瞳は布団の中に潜り込んだ。仁のいる方に背を向けて、身を固くして丸まった。そのままじっとしていると、仁が立ち上がる気配を感じた。間もなくして、部屋のドアが閉まる。布団の中でこぼした溜め息は大きなものだった。

仁が何をしようとしているのかわかって、避けられたはずなのに、どうして動けなかったのか。自分に対する疑問がむしゃくしゃするような気持ちになって、瞳は戸惑いの中、眠りについた。

寝つきは悪かったけれど、ビールで酔っぱらったせいもあり、深く眠れた。翌朝、目覚ましの音で起きた瞳は、ずきんと走った痛みに呻きながら、アラーム音を止めた。

「…う……痛い…」

頭が痛い。これが二日酔いというやつか。初めての体験に眉をひそめながら起き上がる。仕事が休みだから早く起きる必要はないのだけど、目覚ましを解除するのを忘れていた。頭も痛いし、起きてしまおうと思い、ベッドを降りる。

昨夜は酔っぱらって寝てしまったので、風呂にも入らなかった。部屋を出た瞳はそのまま一階の浴室へ向かおうとしたのだが、居間で寝ている仁が目に入る。途中で足を止めて覗き込むと、仁の寝顔が窺えた。

「……」

すやすやと眠るその横に本が積み上げられている。不思議に思って、近づいて見ると、何冊もある本のすべてが料理本だった。昨日、買い物から帰ってきた三人の荷物に、本屋の紙袋があったのは覚えている。あれには料理本が入っていたのか。

「……」

おそらく、仁は料理を勉強しようとしているのだろう。しかし、仁の場合はレシピ以前に、すべての作業がスローでみそ汁一つ作るのにも時間がかかるという、手際の悪さに問題がある。本を読んだところで、どうにかなるものではない。

それでも努力しようという気持ちに苦笑し、仁の側を離れて一階へ下りた。弟たちの部屋の前をそっと通り過ぎ、風呂場へ入る。浴槽の湯は抜かれていなかったので、追い焚《だ》きのスウィッチを入れ、先にシャワーを浴びた。

「…ふう…」

髪まで洗うとさっぱりして、温まった湯に浸かる。穂波家の浴室には大きな磨《す》りガラスの窓があり、そこから朝の光が差し込んでくる。明るい浴室で湯に浸かっているだけで、生き返るように感じられて、いつしか頭痛も消えていた。

風呂から上がり、二階のキッチンで冷えた牛乳でも飲もうと思い、冷蔵庫に手をかけた時だ。背後から「瞳」と呼ばれて、飛び上がる。

「わっ…」

「あ…ごめんなさい。驚かせましたか?」

「びっくりした……なんだ、起きてたのか?」

振り返ると仁がいて、申し訳なさそうに謝る。仁は濡《ぬ》れた瞳の髪を見て「お風呂に?」と聞いた。

「ああ。昨夜、入れなかったし……」

昨夜…と口にし、瞳の頭に浮かんだのは、仁と久しぶりに交わしたキスだった。すっと背を向け、冷蔵庫を開けて牛乳のパックを取り出す。それをグラスに注ぎながら、何気ない口調を意識して、迷惑をかけたのを詫びた。

「ごめんな。みっともないところを見せた」

「…いえ。頭痛などはしませんか？」

「起きた時はちょっと頭が痛かったんだけど、風呂入ったら治った」

「水分を多めに取った方がいいですよ」

仁の勧めに頷き、瞳は冷たい牛乳を一気に飲み干す。仁は昨夜のことをどう思っているのだろう。自分に対して悪いと思っているだけか、それとも、拒まなかった自分に対し、なんらかの期待を抱いているのか。

瞳自身、説明しろと言われても、言葉にできない行動だった。どうして避けなかったのか。敢えて言うならば、酔っぱらっていたからというのが一番妥当だろうか。しかし、言い訳じみてもいる。ごまかしてしまうのが適当だと思い、瞳は肩で息をつく。

「…よし。朝飯、作ろう。お前も食うだろ？」

「はい。瞳、俺も手伝います」

「いいよ。それより、洗濯物干してくれ。タイマーセットしてあるはずだ」

「わかりました」

仁は早速一階へ下りていき、間もなくして洗濯かごを手に戻ってきた。テラスへ干しに行く姿をちらりと見てから、瞳は弟たちの弁当を先に用意した。薫は部活で、渚は模試だと聞いている。昨夜、食べ始める前に冷蔵庫へ隠しておいたからあげを取り出し、ご飯と一緒に詰めた。

それから、朝食作りに取りかかる。穂波家では月曜から土曜まで、瞳の勤めがある時はいつもご飯中心の朝食だが、日曜だけはパン食と決まっている。だから、瞳はいつも土曜の帰りはパンが特売になるスーパーまで足を延ばして買いに行くのだ。八枚切りの食パンをいつもは二斤だが、仁がいるので三斤、購入した。それをサンドウィッチにするのが定番だ。

きゅうりを薄切りにし、にんじんをスライサーで千切りにする。にんじんには塩こしょうをし、少し酢をかけておく。それから、ハムをパックから出し、オムレツを焼く。オムレツには奮発して、ホールコーンとチーズを混ぜた。それらの具を用意したら、パンを軽くトーストして、挟んでいく。その途中、洗濯物を干し終えた仁が戻ってきた。

「今日はサンドウィッチなんですか？」

「ああ。日曜はこれって決まってるんだ。いいだろ？」

「もちろんです。…じゃ、俺は飲み物を用意します。コーヒーでいいですか？」

「頼む」

渚と薫が起きてくる気配はまだないから、取り敢えず、仁と二人分だけを拵《こしら》え、残りの具材やパンには布巾をかけておいた。包丁で切り、皿に盛りつけたサンドウィッチをテーブルへ運ぶと、仁が淹《い》れているコーヒーのいい香りが漂ってくる。

「美味しそうですね」

「食べようか」

マグカップを二つ運んできた仁と向かい合わせに座り、「いただきます」と手を合わせた。パンは軽くトーストしてあるので、さくっとした歯応えがある。中の具もたっぷりなので、こぼれてしまいそうだ。

「…美味しいです。さすが、瞳」

「挟んだだけだ」

真面目な顔で誉める仁に苦笑し、瞳は中身を落とさないように、皿の上まで首を伸ばしてサンドウィッチを齧《かじ》った。食べにくいのが難点だな…と言う瞳に、仁は嬉しそうに微笑む。

静かで穏やかな日曜の朝。時間に追われていないというだけで、気持ちにも余裕がある。瞳の日曜は一人で新聞を読みながら朝食を食べるのが常だった。それはそれで満足していたけれど、こうして誰かと向かい合ってゆっくりと食事をするのは、また違った豊かさがあるのだなと感じられた。

すっと頬に風が触れ、不思議に思い、窓の方を見ると、半分ほど開いている。

「寒いですか？　天気がいいので、開けておいた方が気持ちがいいかなと思ったんですが…」

「いや、大丈夫。…そんな季節になったんだな」

穂波家には居間からフラットな形で続く、広いテラスがあるのだが、両親が生きていた頃は天気のいい休日はいつも、そこで食事をしていた。両親はそういう暮らしを望み、不便でも環境のよい場所に家を建てた。

瞳が七歳の時に引っ越してきてから、渚が生まれ、薫が生まれた。両親が亡くなるまで、家族で何度もテラスで食事をした。寒い冬が過ぎ、春になり、外で食べようかと母親が言い出すのを待っていた自分を思い出し、瞳はぼんやりとテラスの方を眺めていた。

「…瞳？」

「…え…」

「どうかしましたか？」

心配そうに聞いてくる仁に笑って首を振り、なんでもないと示す。見栄えが悪いからと、母親はテラスに洗濯物を干すのを好まなかった。今の様子を見たら、きっと怒るだろう。いや、天国で怒っているのかもしれない。

「…あそこに洗濯物を干してるって、母さんが知ったら怒るだろうなと思ってたんだ」

「……。そういえば、以前は下の庭に干していましたよね？　どうして？」

「仕事が終わって帰ってくるのが六時過ぎで、それから夕食の準備して、風呂入れて…とかやってると、洗濯物って後回しになるんだ。そうすると、庭に取り込みに行くより、テラスの方が便利で。ほら、うちは二階にキッチンとかあるし。それにあそこは少し庇《ひさし》があるだろ。雨が降りそうな時は窓寄りに干しておくと、濡れないで済む」

「……生活の…知恵というやつですね」

「いや、単なるものぐさじゃないのか。母さんはたとえ便利でも、居間から洗濯物が見えるのは嫌だって…景色のために、わざわざこの場所を選んで、二階に居間とか作ったような人で…絶対に干さなかったからさ。怒ってんだろうなあって」

懐かしそうに言う瞳を、仁は黙って見つめる。その表情が寂しげであるのに気づき、瞳は余計な話をしたと少し後悔した。半年ほどしか一緒にいなかったが、仁にも母親の思い出がたくさんある。

「…おい、早く食べないと、パンがしなってなるぞ。せっかくトーストしたのに」

「あ…そうですね」

話題を変えるため、仁に忠告しながら、瞳も残っていたサンドウィッチを頬張る。コーヒーを飲んで一息つくと、風呂場で考えていたことを仁に告げた。

「いつも日曜は家の掃除をするんだが、お前がやってくれたお陰で綺麗だから、向こうを掃除しに行かないか」

「向こう…？」

「お前の家だ」

不思議そうに首を傾げる仁に、瞳は微かに顔を顰めて言う。すっと視線を外した仁は、横顔に憂いを募らせた。

「……やっぱり…ここにいてはいけないんですね…」

「あのなあ。お前が帰ってきたのは『隣の家』だろ。うちに帰ってきたわけじゃないんだから」

「…わかりました」

憂い顔のまま頷いた仁は、最後の欠片を口に入れ、もぐもぐと咀嚼《そしやく》する。仁は見た目がよいせいもあるのか、哀しげな表情になると、非常に憐憫《れんびん》の情を誘う。しゅんとした姿は罪悪感をそそられるもので、瞳は眉をひそめて立ち上がった。

可哀相《かわいそう》に思ってしまったら負けだ。ここはきちんと線を引いておかないと。自分に言い聞かせて空になった皿をシンクへ運ぶと、一階から弟たちの話し声が聞こえてきた。上がってくると同時に腹が減ったと合唱するのは間違いない。瞳は溜め息混じりにサンドウィッチの用意に取りかかった。

瞳の予想通り、昨夜あんなに食べたにも拘《かか》わらず、渚と薫は揃って「腹が減って死にそうだ」と訴えた。サンドウィッチを大皿に盛り、牛乳と一緒にテーブルへ運ぶ。瞳と仁が食べた残り、食パン十六枚分のサンドウィッチは結構な量…いつもよりも多い…があったのに一瞬でなくなってしまう。

「…お前らなあ。もう少し…ありがたみを持って食べろよ。せめて、俺が作った時間よりも長く時間をかけて、味わって食え！」

「いや、美味しかったって。美味しいからすぐになくなるんじゃん」

「そうだよ、兄ちゃん。十分、味わった」

サンドウィッチだけでなく、牛乳も一瞬だ。朝、開けたばかりのパックはすでに空で、新しいのを開けようとする薫を止め、もったいないからお茶にしろ！　と怒鳴らなくてはいけない。

「兄ちゃん、牛乳は一人一パックにしようよ。足りないよ」

「俺たち、育ち盛りなんだから」

「それ以上、育たなくていい！」

不平をこぼす弟たちを瞳が叱ると、昨日の買い物で味を占めたのか、二人は仁に対し猫撫《ねこな》で声を発する。

「仁くん、牛乳買いに行こう」

「俺、ヨーグルトも食べたい」

「仁にたかるな！」

しかも、兄としてはかなり情けないたかり方だ。「服買って」とか「靴買って」ならともかく、牛乳にヨーグルトとは。何も食べさせてないわけじゃないのに…と腹立ちを覚えながら、今後のためにもと思い、仁にねだるのを禁止した。

「いいか、お前ら。仁を当てにするのはやめろ。仁も俺に無断でこいつらに何か買い与えたりするなよ？　バナナ一本でもだ」

「わかりました」

ええ〜と二人がブーイングするのを無視し、あっという間に空になった皿やグラスを片づける。薫は部活だと言っていたし、渚は模試だと聞いている。出掛けなくていいのかと瞳が言うと、二人ははっとした顔になった。

「そうだよ、時間ないんじゃん」

「兄ちゃん、弁当って作ってくれた？」

「用意してある」

ありがとう…と合唱し、二人は用意のため、階下へ駆け下りていく。洗い物を済ませ、弁当箱の蓋《ふた》を閉めて包んでいると、再び駆け上がってきた。それぞれに弁当と水筒を持たせ、帰りの時間を聞く。

「俺、南中で試合だから、五時近いと思う」

「俺は二時で終わるけど、それから連れと図書館で勉強する約束してるから六時頃かも」

口早に予定を告げ、渚と薫は慌ただしく出掛けていく。玄関が閉まる音が聞こえ、一気に静けさが戻る。大きく息を吐いた瞳は「ご苦労様です」という仁の声を聞き、もう一度、溜め息をこぼした。いつもの休日なら二人が出ていった後は家の掃除にとりかかるが、今日は隣を片づけなくてはいけない。気を引き締めて顔を上げ、「行くぞ」と仁に声をかけた。


埃だらけの隣家には掃除道具など、何もない。瞳はエプロンをつけ、バケツや雑巾《ぞうきん》、ゴム手袋など、掃除道具を用意し、仁にも箒《ほうき》とちりとりを持たせた。

「瞳。そのエプロン、似合いますね」

玄関を出る際、にっこりした仁に誉められた瞳は、複雑な気分で眉をひそめた。瞳が愛用しているエプロンは、薫が小学校の家庭科の実習で作ってくれたエプロンだ。学校からの指示を受け、瞳が布地を用意してやったのだが、安売りの半端切れを購入したせいか、生地が足りなかった。同級生が余った布を分けてくれて、継ぎ足して作ったのが…それであるのだが。

「…バカにしてるのか？」

「とんでもない。斬新な柄で…素敵です」

真面目な顔で首を横に振る仁を眇めた目で見ながら、瞳は玄関の鍵をかける。瞳が用意した布地は売れ残りだけあって、ありえない色合いの…サーモンピンクとグリーンという…縞《しま》柄で、薫が同級生からもらったのはピンクの地に赤いハートマークがちりばめられた、スウィートな柄だった。

それを継ぎ足してできたエプロンは…かなりの存在感を醸し出している。けれど、薫が一生懸命…それに薫は手先が器用なので出来もよく、丈夫だ…作ってくれたものだから、瞳は愛用しているのだ。

「それに…似合うとか言うなって」

「…似合うもだめですか…」

隣に向かいながら、横を歩く仁にぼそりと告げる。仁は「わかりました」と返事をしたけれど、寂しげなのが気になった。気になること自体、どうかしていると自分を叱咤《しった》し、辿り着いた古い門扉を開ける。

「…まず、電気とかガスとか水道とか、使えるようにしなきゃいけないな。止めてあるんだろう？」

「さあ」

「…さあって。お前、なんの手続きもしてないのか？」

呆れた顔になる瞳を、仁は笑顔で見返すだけだ。しかし、よく考えれば、仁が姿を消した頃、彼は未成年だった。それに父親がいたから、そちらが手続きをしたのかもしれない。と、考えてみたものの、仁の父親がそんなことを…引っ越すから電気とガスと、水道を止めなきゃというような、ごく普通のことを…思いつくとは、本人を知るだけにあまり思えなかった。

荒れ放題の庭を歩き、おんぼろの屋敷の右側へ回った瞳は、蛇口を探した。昔、庭にしつらえられた水道で、弟たちに手を洗わせた覚えがある。瞳の記憶通り、屋敷と庭の境当たりに水撒《みずま》き用と思われる水道口があり、瞳はその横にバケツを置いて、蛇口を捻《ひね》った。

「…あ…水は出る」

「よかったですね」

他人事《ひとごと》みたいに喜ぶ仁に眉をひそめ、水を止める。この分だと、電気やガスもそのままになっていそうだが、長期間放置してあったのだから、点検してからでないと使用するのには危険を伴うだろう。古い配線がショートしたり、老朽化した配管からのガス漏れだってありえるかもしれない。

「電気とガスは一度、見に来てもらおう。…っていうか、建物全体の補修も必要だろうから…業者とかにお願いした方がいいのかな…」

仁に相談してもろくな答えは返ってこないとわかっている。瞳は独り言のように呟き、正面玄関へと回った。昨日も一昨日《おととい》も、訪ねたのは夜で、真っ暗闇の中だった。屋敷の背後を覆う雑木林や、伸び放題になっている庭の木々で多少光は遮られているものの、昼間だから十分に様子が窺える。

「…床板とかも腐ってるじゃないか」

玄関へは数段の階段を上らなくてはいけない作りになっているが、その踏み板のところどころが朽ち果てていた。足下に気をつけて進み、観音開きの扉を両方、開け放つ。室内に光が差し込み、広い玄関ホールを目の当たりにした瞳は、やる気が削がれていくのを感じた。

「……」

埃が溜まっているだけでなく、壁紙や建材、置かれている家具や調度品などのすべてが朽ちており、まるで遊園地のお化け屋敷のようだ。しかも、屋敷は広く、すべてを掃除するには途方もない時間がかかるだろう。

「……取り敢えず、居間をやるか…」

仁が居住する区域だけでも、綺麗にすればいい。そう考えることにして、瞳は居間へ向かった。屋敷の大きさに見合った広い居間は、穂波家の倍以上はある。入り口から室内を眺めるだけで溜め息が出そうだったが、気合いを入れ直して、まず、すべての窓を開けることから始めた。

「おい、窓、開けろ。空気を入れ替えて、埃を落とそう」

「わかりました」

瞳の指示に頷き、仁は言われた通りに庭に面した背丈窓を開けていく。窓一つを開けるだけでも埃が舞い、瞳はたまらず、口元をタオルで覆った。

「しまったな。マスク、持ってくるんだった。大丈夫か？」

「平気です」

この荒れ果てた家で、状況をまったく気にせず、寝ていたような人間だ。にっこり笑って答える仁は本当に気にならないようだった。

「お前、うちの家では綺麗好きなのになあ」

「瞳や、渚や薫が暮らす家ですから。それにパパとママが愛をこめて建てた家です」

「……」

仁がつけ加えた言葉は、どきりとさせられるものだった。仁が両親と親しくしていたのを知っているだけに、真実味が感じられる。

「……そんなこと、話してたのか？」

「はい。特にママは…海の見える静かな場所に家を建てて、子供を育てるのが夢だったと、何度も話してくれました。ママは家を大切にしていて、掃除も熱心にしてたでしょう」

「…ああ。そうだった」

夫婦共働きではあったけれど、若くして望んだ場所に土地を買い、思い通りの家を建てるには、それなりの金銭的負担があっただろう。だからこそ、母親は家をとても大事にしていた。どんなに忙しくても掃除は欠かさなくて、家の中はいつも綺麗に保たれていた。

「兄弟喧嘩すると鬼のように怒るんだ。壁とか床に傷がつく！　外でやりなさい！　って。あれは極端だったよなあ」

「俺は掃除の仕方をママに習いました。ママは環境にも非常に気を遣っていましたから、重曹やクエン酸を使った方法は、今でもとても役に立っています」

「……なら、それを今、生かせ」

懐かしい気持ちがこみ上げて、仁の昔話につき合いそうになったけれど、はっと現実に返って瞳は忠告する。ここは仁の家で、本来なら彼が先頭を切って掃除するべきなのだ。なのに、渋面の瞳に仁は笑みを浮かべて肩を竦める。

「残念ながら、この家に愛情は抱いていないので」

「あのなあ…」

呆れた言いぐさに、瞳が説教しようと口を開きかけた時だ。仁の顔からすっと笑みが消え、強い力で肩を引き寄せられる。

「っ…!?」

突然のことに声が出せなかった瞳を、仁は壁際へと連行する。こういう真似は禁止したはずなのに…と苛立ち、瞳は文句を向けようとしたが、仁がやけに真剣な表情でいるのが気にかかった。しかも、自分を見ておらず、あたりを窺うようにしている。

「…仁…？」

「……」

小さな声で呼びかけると、黙っているよう、合図される。わけがわからなかったが、指示に従って息を潜める瞳の耳に、遠くで車のドアが閉まるような音が聞こえた。

「…？」

この家は道の行き止まりで、無人のため、訪ねてくる人間など誰もいないはずだ。一つ手前にある穂波家さえ、車で訪れるのは宅配の業者くらいで、それも滅多にない。

緊張した様子を見せている仁には、心当たりがあるのか。こうして壁際に身を寄せているのは…隠れようとしているのか。

「ごめんなさい…瞳。迷惑をかけたくなかったので…できる限り、痕跡《こんせき》は消してきたのですが…」

声を潜めて謝る仁は、瞳を胸へ隠すようにして抱きしめる。甘い匂いはせず、逆に危険な雰囲気が漂っているというのに、間近で感じられる仁の温かさが、不思議と緊迫感を消してくれた。一体…何が起きようとしているのか、瞳が尋ねかけた時、遠くから声が聞こえてきた。

「……仁。いますか？　私です」

落ち着いた男性の声が仁を呼ぶ。誰かが仁を捜しに来たのだ。腕の中から見上げた仁の顔は、見た覚えのない真剣な表情で、どきりとさせられた。


誰なのかはわからないが、仁を捜しに来たのは確かな様子だ。瞳が「いいのか？」と小声で問いかけると、仁は小さく息を吐いてから、廊下の方にいるらしい相手に問い返した。

「ポール。誰と来てる？」

「…私だけです」

相手は姿を見せず、答えだけが返ってくる。返事を聞いた仁は微かに眉をひそめて、瞳を抱き寄せていた腕を緩めた。

「ごめんなさい。追い返してきます」

「おい…」

事情を聞こうとした瞳の側を離れ、仁はそのまま背を向けて行ってしまった。一体、誰が訪ねてきたのか。仁は相手を「ポール」と呼んだ。相手は外国人で…仁を捜しに来たらしいということしかわからず、瞳の胸にはもやもやとした不安が溜まり、なんとなく後を追いかけられなかった。

仁の姿が消えた廊下の方を見つめながら、瞳はその場に立ちつくしていた。耳を澄ましてみても、何も聞こえない。様子を見に行くべきか、言われた通りに待っているべきか。廊下の方へ意識を集中させていたから、自分の周囲を気遣えていなかった。

「…っ…!」

背後から近寄ってきていた人影にまったく気づかず、突然、羽交い締めにされて息を飲む。口を塞がれ、両手を背中で交差させるようにして拘束された。逃れようとしても相手の力は強く、身動きが取れない。

「……っ…」

助けを呼ぼうとしても、息すらできなかった。そのまま強く身体を圧《お》されて、前へ進むように強要され、反射的に足を動かす。廊下へと近づきながら、自分を拘束しているのは、仁を捜しに来た相手の仲間なのだろうかと考えていた。

こんな乱暴な真似をするような人間と、仁の間にどういう関係があるのか。やはり…あれはまともな金ではないのではないか。そんな考えを浮かべ始めた時、仁の声が聞こえてきた。

「……何度も言わせるな」

「しかし、今の状況ではメンテナンスさえも…」

冷たい口調は仁の声であっても、別人のように思える。どんと突き出されるようにして廊下へ出ると、仁と話している相手が見えた。褐色の髪に、薄い水色の瞳。背丈は仁と同じくらい高く、スーツを着ている。理知的な顔立ちに眼鏡《めがね》をかけた男性は、三十代前半といったところか。

困り果てた表情で仁と向かい合っていた相手…仁はポールと呼んだ…は、瞳が拘束された状態で立っているのを見て、ひっと息をのみ飛び上がって驚いた。瞳に背を向けていた仁は、ポールの表情に気づいて振り返る。

「…瞳‼」

「ジョージ‼　な…なんてことを…っ！」

真っ青になったポールは瞳を拘束している相手…ジョージに対し、口早に英語で何事かを命じた。指示を受け、解放された瞳はよろよろと数歩前に進んでから、後ろを見る。

乱暴なやり方で瞳を拘束したのは、筋骨隆々とした逞《たくま》しい身体つきの外国人で、仁よりも背が高かった。こちらも同じく、スーツ姿だ。短く刈った金髪に青い目。ポールよりは若いように思えるが、いくつなのか、年齢の想像がつかない。瞳には見上げなくてはいけないような長身のジョージは無表情で、不気味な感じさえした。

眉をひそめて自分を拘束した相手を見ている瞳のもとへ、仁が駆けつける。「大丈夫ですか？」と聞く声は動揺のせいでひっくり返っていた。

「あ…ああ。平気…」

「ごめんなさい、瞳。ああ、瞳をこんな乱暴な目に遭わせるなんて…！　何をされたんですか？　怪我《けが》は？」

「い…いや、大丈夫だから」

本当は捻り上げられた肩が痛んでいたのだが、とても言えなかった。悲壮な顔つきの仁が怒りを向ける矛先がわかっていたせいもある。案の定、瞳の肩を抱き寄せた仁は、厳しい表情でポールを睨みつけた。

「どういうつもりだ？　瞳を人質にしようとでも？」

「い…いえ、違います！　誤解です…っ。そんなつもりはまったくありません。セキュリティガードの勘違いです。す…すみません。大丈夫ですか…っ？」

おろおろと駆け寄ってきたポールに困惑しきった顔で謝られ、瞳はぎこちなく頷いた。ポールは土下座でもしそうな勢いで、ぺこぺこと頭を下げる。対して、拘束したジョージの方は、一歩下がって直立不動でいるのが印象的だった。

「本当にすみません。乱暴な真似をするつもりはなかったのです。不審者だと思ったのでしょう。申し訳ありませんでした」

「不審者？　瞳のどこが不審だっていうんだ？」

「…仁、よせよ」

ポールの揚げ足を取って鼻息荒く言う仁を、瞳は溜め息混じりに窘めた。平身低頭、謝るポールは本当に悪気などなかったように見える。すらりとしたスーツ姿の外国人が深々と頭

を下げる姿は、どこか異様な感じさえして、気まずく思えてしまう。

「あ…の、俺は本当に大丈夫ですから…。誤解だったんですよね」

「はい。本当に申し訳ありません。穂波さんに危害を加えるつもりなど、まったくなく…」

「……」

大丈夫だと伝えたポールが、自分の名を口にするのを聞き、瞳はどきりとした。どうして自分の名前を知っているのだろう。仁から聞いているのか、調べられているのか。後者のような気がして、戸惑いを浮かべて黙る瞳に、仁は「帰りましょう」と言った。

「え…でも、お前に…」

「用は済んだはずです」

「仁。話はまだ…」

「最初から話なんてない。俺は約束させられた分の仕事は終えたし、これ以上、お前たちの勝手な要求につき合うつもりはない。二度と俺に顔を見せるな」

困った顔つきでポールが何か言おうとするのを、仁は容赦ない調子で遮る。それは瞳や穂波家の面々に対しては決して向けられることのない、冷淡な口調だった。躊躇いを覚える瞳の手を、仁はしっかり握りしめて玄関へ向かって歩き始める。

「お…おい。いいのか?」

「…いいんです。ごめんなさい…瞳…」

謝る仁の顔が辛そうに見えて、どきりとする。瞳は小さく息をのみ、仁に手を引かれるまま、屋敷を出た。ポールとジョージは後を追いかけては来ず、そのまま二人で荒れ果てた庭を進んだ。

門を出る頃、窓も開け放したままで、掃除道具も起きっぱなしなのを思い出したが、仁に言えなかった。本当ならば、手を引かれていることも、拒まなくてはいけなかったのに。そうできなくて、穂波家の玄関までずっと手を繋いでいた。

鍵を開けて家の中へ入ると、様々な疑問が湧き出してきた。仁は話したがらないだろうけれど、これは無視できるレベルではない。そう判断し、二階へ上がった瞳は後をついてきた仁を呼び、居間の絨毯に向かい合って正座した。

「あれは誰だ？」

正面から尋ねた瞳を、仁は神妙な顔で見つめたまま、口を開かない。瞳は微かに眉をひそめて、「あのな」と溜め息混じりに言った。

「俺は昔も…お前を問いつめたりはしなかっただろう。今回だって…どこで何をしてたのか、本当は知りたいんだ。けど、お前が話したがらないんだったら、聞かないでいた方がいいと思っていた。けどな、少しは話さなきゃいけないって、今の状況を考えて思わないか？　俺は腕を捻られて、身動き取れなかったんだぞ」

「…ごめんなさい…、瞳。瞳をあんな目に遭わせるなんて…。あいつ…本当に許せない…」

「じゃなくて…。俺はあの人たちを怒ってるわけじゃないんだ。ポールさんだって勘違いしたんだって言ってたじゃないか」

ポールたちに対する怒りをたぎらせる仁を、見当違いだと叱る。それ以前にお前が少しは話すべきだと、じっと睨むように見ていると、仁が困ったように首を傾げてぽつぽつ話し始める。

「…昨日も少し話しましたが…あの人の…父のせいで…彼らの仕事を手伝わなくてはいけなくなってしまったんです。ポールはその…組織の人間で、もう一人はポールのセキュリティガードでしょう。ポールは俺を連れ戻しに来たんだと思いますが、約束した分の仕事は全部終わらせましたから…」

「仕事ってなんだよ？」

「………。…パソコン…関係……？」

「……。システムエンジニアみたいなもんか？」

怪訝そうに尋ねる瞳に、仁は小さく頷く。仁のデイパックにはパソコンや電子機器が多く入っていたし、昔もそういうものを弄《いじ》っていた覚えがある。亡くなった父親も、仁はパソコンに詳しいから重宝すると言っていた。

「けど…連れ戻しに来たって……どういう意味だ? ちゃんと退職してきたんじゃないのか?」

「俺はそういうつもりだったんですけど…」

「それに…あの人たちはどうしてここがわかったんだ? お前だって、住所がわからなくて、何週間も迷いに迷ってようやく辿り着いたんじゃないか」

瞳が見つけた時の仁は、疲れ果てて道の半ばで行き倒れていた。仁が極度の方向音痴だというせいもあるのだろうが、住所さえわかっていたら、もっとすんなりと戻ってこられたはずだ。苦労を重ねてやっと帰ってきたここを、どうして知っていたのかと疑問に思う瞳に、仁はしぶしぶ答える。

「あいつらには……調べる方法はいくらでもありますから。…俺も…調べられたのですが、下手に動いて痕跡を残すのはまずいと思っていたので…」

「……」

痕跡を消してきた…とも、仁は言っていた。調べる方法はいくらでもあると聞き、瞳の頭に浮かんだのは、警察とか、それ以上の組織だった。いろんなことを考えると、どうしたって、仁が普通の会社で「パソコン関係」の仕事をしていたとは思えない。

第一、仁は「会社」に勤めていたとは一度も言ってないし、ポールについても「組織」の人間だと言った。瞳はこめかみがひきつってくるのを感じながら、一応、確認する。

「お前は…アメリカにいたのか？」

「……主に…」

「会社？」

「……みたいな…」

「嘘だろ」

視線を合わせずに答える仁に、ずばりと指摘する。昔から仁は嘘をつく時、必ず、微妙に視線をずらした。仁がつくのは他愛のない嘘だ。しかも、自分に関係することじゃない。渚が割った花瓶を自分が割ったと言ってみたり、薫が自分の不注意で怪我をしたのを自分のせいだと言ってみたり。

仁の嘘はいつも、他の誰かを守るためにあった。そんなことを思い出しつつ、瞳は大きく溜め息をついた。今の嘘は自分のために、だろうか。これ以上、問いつめてもいいことはない気がして、瞳は己の甘さを痛感しながらも、「わかった」と話を区切った。

「…とにかく、お前は…あの捜しに来た人たちと仕事をするつもりはもうないんだな？」

「もちろんです」

きっぱり頷く仁を、瞳はしばらくの間見つめてから、隣から掃除道具を持ち帰ってくるように言う。

「バケツや箒も置いてきちゃったし、窓も開けっぱなしだ。閉めてこいよ」

「わかりました」

「…で、もしもあの人たちがまだいたら、ちゃんと話をしてこい。一方的な物言いじゃなくて、理解してもらうように話すんだ」

低い声でつけ加える瞳に、仁はにっこりと笑い、「わかりました」と返事する。そのまま立ち上がろうとしたのだが、少しの間、正座していただけで足が痺《しび》れてしまったといい、情けない姿を見せる。

「あ…足が…」

「痺れてたなら崩せばよかったじゃないか。バカだなあ」

「……瞳…」

「なんだよ」

「迷惑をかけて…ごめんなさい。驚いたでしょう…」

仁が真剣な顔で謝るのは、さっき、拘束された時のことを気にかけているからだろう。瞳は苦笑を浮かべ、「平気だ」とわざとぶっきらぼうに言った。

「治ったら行ってこいよ」

軽く声をかけ、瞳はさっと立って風呂掃除をしてくると言い残し、先に一階へ下りた。仁を迷惑に思い、追い出そうとしているのか、それともいて欲しいと思っているのか。自分でもわからなくて、もやもやした思いをぶつけるみたいに掃除に精を出した。

瞳が風呂掃除を終え、一階や二階の居住スペースに掃除機をかけ終えても、仁は戻ってこなかった。十一時を過ぎ、隣へ様子を見に行こうかと悩み始めた頃、ようやく声が聞こえた。

「ただいま」

「…あ…」

テラスから隣の様子を覗き見ていた瞳は驚いて振り返る。仁の顔を見るとほっとして、自然と頬が緩んだ。それを見た仁は、嬉しそうに顔を綻《ほころ》ばせる。

「待っててくれたんですか？」

「な…何言ってんだ。ちょっと……心配してただけだ。あの人たちは帰ったのか？」

「はい。ごめんなさい。遅くなって」

「…もうすぐ昼だ。飯にするか」

申し訳なさそうに頭を下げる仁の横を通り過ぎ、瞳はテラスから部屋の中へと入った。現金なもので、仁の顔を見たら空腹なのを思い出した。朝食は早い時間だったたし、それから何も食べていない。

キッチンへ入った瞳は、早速メニュウを考えた。朝、弟たちの弁当用に炊いたご飯の残りがある。炒飯《チャーハン》にでもしようと、具材を冷蔵庫から取り出した。ちくわに葱《ねぎ》、卵。一緒にわかめスープも作ろうと思い、野菜室に残っていたえのきも出した。

「何を作るんですか？」

「炒飯。いいか？」

「瞳が作ってくれるものならなんでも」

嬉しそうに微笑み、仁は手伝うことはないかと聞く。二人分だし、大した手間のかかる料理ではない。グラスとレンゲを出しておいてくれとだけ頼み、瞳は手際よく調理していく。

瞳の炒飯は、先に大きめの炒《い》り卵を作っておいて、後で混ぜ合わせる形のものだ。ご飯が卵でコーティングされてぱらぱらになった炒飯もいいものだけど、食べ応えを考えるなら、炒り卵の方が存在感がある。

温めたフライパンで先に作った炒り卵を皿によけておき、葱とちくわを炒め、ご飯を合わせる。いい感じに炒めたところで卵を戻し、炒飯の出来上がりだ。その横で鍋に湯を沸かし、鶏ガラスープの素とえのきを入れ、乾燥わかめを入れる。火が通ったら、塩こしょうで味を調えたものに葱を散らし、汁椀によそうと仁に声をかけた。

「できたぞ。運んでくれ」

カウンターの端っこで出番を待っていた仁は、早速、汁椀と炒飯を盛りつけた皿を運ぶ。後片づけを手早く終えた瞳もテーブルへ着く。仁と向かい合わせに座り、手を合わせた。

「いただきます」

「いただきます。とても美味しそうです。瞳はあんな短時間でよくこれだけのものが作れますね」

「普通だ」

真面目な顔で大仰に感心する仁に苦笑し、瞳はレンゲを手にした。炒飯もわかめスープもまずまずの出来で、十分に空腹を満たしてくれる。穂波家にとっては定番メニューでもあるから、今さら美味しく感じることもないのだが、目の前の仁が嬉しそうに食べるのを見ているだけで、ごちそうに思えてくるから不思議なものだ。

「美味しいです、瞳。この黄色いのは…卵ですよね」

「ああ。そんな真面目に検証するほどの料理じゃないって」

一つ一つ、味を確かめるようにして、仁は味わって食べる。渚も薫も、「美味しい」と言ってはくれるけれど、ペースが違う。まるで飲み込むようにして食べるのを見ていると、食べられればなんでもいいんじゃないかと思えてくる。

「…お前と二人だとゆっくりできていいな」

「………」

何気なく呟いた瞳は、仁が箸を止め、目を丸くしているのに気づいてはっとした。仁との関係を考えれば、まずい台詞だったかもしれない。

「ち…違うぞ？　誤解するなよ。ほら…あいつらがいるとぎゃーぎゃーうるさいし…」

「…俺も…こうやって、瞳が作ってくれたご飯を二人で食べられて、嬉しいです」

「……」

にっこり笑った仁がしみじみと言うのを聞いて、それ以上言い訳できなくなった。何も言わずに、残りのご飯を食べる。前もそうだった。最初は戸惑ったものの、側にいてくれる仁の存在に慣れて、いつしか依存していた。愛しています。そんな告白や、仁に触れられることに躊躇いを覚えながらも、きっぱり拒絶できなかったのは、彼を失うことをすでに恐れていたせいだ。

今も…もう、依存しかけているのかもしれない。仁はどうして、こんなにもするりと自分の心に入り込んでくるのだろう。苦い疑問に反するみたいに、美味しそうに炒飯を食べる仁の笑顔が眩《まぶ》しく見えた。


昼食を食べ終えると、食器の片づけを仁に任せて、瞳は冷蔵庫の中身をチェックした。昼が終わったばかりだが、夕食の献立を考えなくてはいけない。それに日曜の午後はいつも、作り置きの総菜を何品か調理することにしている。

「仁。俺、ちょっとスーパーまで買い物に行ってくる。何か欲しいものとか、あるか?」

「俺も一緒に行っていいですか?」

「でも…二人乗りじゃ…」

帰りに荷物を積んでくるのがしんどいな…と考える瞳に、仁は「大丈夫です」と言う。

「昨日、自転車を買いました」

「…⁉」

渚たちと一緒に大型ショッピングモールへ買い物に出掛けた際、食料品以外に衣類などを買ってきたのは知っていたが、自転車まで購入したとは聞いていなかった。渚か薫の自転車に乗せてもらい、往復したのだと思っていた。

仁の返事を聞き、瞳は出掛ける用意をして、二人で家を出た。ガレージには瞳の自転車と並び、ぴかぴかの新車が停められている。

「本当だ…。…けど、お前。なんでママチャリ？　お前ならもっと…格好いい自転車とか乗ればいいじゃん。いろいろあっただろう？」

「渚たちにも勧められたのですが、かごがついていると便利でしょう」

「確かにそうだけど…。超似合わねえ」

新車の横に並んで立つ仁を見て、瞳はにやにや笑う。仁が選んで買ってきたのはオーソドックスな前かごのついた自転車で、定番ではあるが、無駄に格好いい容姿には不似合いに見えた。

からかう瞳に、仁は困った顔になり、肩で息をつく。

「瞳は……渚も薫もですけれど、時々意地悪ですね」

「そう？」

ふふん…と鼻先で笑い、瞳は仁と一緒に自転車で家を後にした。目指すはスーパーひよどり。勤務先である渋澤製作所の近くにある激安スーパーを、仁は訪れたことがないはずだ。

「俺が働いてるところの近くなんだ。お前が前にいた頃は、あっちの方って俺も行ったことがなかったから、知らないと思う」

「あっち…というと？」

「海の方」

坂道を下りながら、右の方角を指さす瞳に、仁は神妙な顔で頷く。重度の方向音痴である仁は穂波家の…そして、本当は自分の家である隣の…場所さえも、忘れてしまっており、辿り着くまでに時間を要した。このあたりの地理も覚えてないのかもしれないなと思いながら、小学校は覚えてるかと聞いた。

「覚えてます。…この道を下りて、突き当たりを左に曲がり、三つ目の交差点を右に曲がり、横断歩道のある角を左に曲がって、まっすぐです」

「ははは。暗記したもんなあ」

すらすらと道順を口にする仁は真剣な表情だ。かつて、薫の忘れ物を小学校に届けに行った際、迷子になるという失態をやらかしてから、必死で道順を覚えた。文章にして覚え、目印を頭に叩《たた》き込み、なんとか小学校までは行き来できるようになったのだ。

話しているうちに坂道は終わり、右に折れて、県道の脇を通る歩道を進む。余裕を持って作られた歩道だから、自転車でも並んで走れる。日曜のせいか、人通りはなく、車もたまに通る程度だ。

「お前って自転車乗れるのかなって思ったけど、そういや、前も自転車で小学校まで行ったりしてたもんな」

「はい。…あの自転車はどうしたんですか？」

仁が愛用していたのは、後ろに子供用の座席がついた、母親の自転車だった。仁がいなくなり、母親も亡くなってしまった後、誰も乗る人間がいなくなり、処分した。

「母さんが死んで…少しして、捨てたよ。もう古かったし」

「そうだったんですか」

両親の話題になると、仁は寂しそうな気配を見せる。両親が亡くなったのを渚と薫から聞いた仁は、行き倒れていたにも拘わらず、自分のところまで駆けつけてきた。心からその死を悼んでくれて、今も哀しんでくれているのがよくわかる。

海沿いの道に出ると、右に曲がり、少し行けば、スーパーひよどりの看板が見えてくる。今日は日曜で、特売品も多く出る。内容によって夕食のメニューを考えようと思いながらスーパーの駐車場に着くと、殺気立った雰囲気を漂わせた中高年の女性陣が、入り口から多数入っていく姿が窺えた。

「…急ぐぞ。タイムセールが始まるのかもしれない」

「タイムセール」

瞳が真剣な顔で言うのを聞き、仁も真面目な顔で繰り返す。駐輪場に自転車を停め、鍵をかけるのもそこそこに、店内へと急ぐ。皆が殺到しているのは精肉売り場で、店員が怒鳴っている声が聞こえた。

「はいはい、押さないで！　タイムセール、タイムセールだよ！　豚コマ、一パック百円！あるだけだからね！」

店員が高く掲げている銀色のトレイには肉の入ったパックが積み上げられている。遠目にそれを確認した瞳は無言で、黒山の人だかりに突進していった。

「ひ…瞳⁉」

仁の戸惑う声が聞こえたが、瞳は目の前のパックを奪取することで頭がいっぱいだった。あの大きさのパックであれば、三百グラムは堅い。グラム七十八円だとしても、二百三十四円。それが百円というからには、半額以下だ。

この闘いは挑む価値がある。そう判断した瞳は、もみくちゃにされながらも、腕を伸ばし、パックを摑んだ。タイムセール品は一人一パックと決まっている。今日は仁を連れてきているので、二パックまでいける。

「……よし…っ！」

両手で一つずつ、豚肉のパックをゲットした瞳は、離れた場所から呆然《ぼうぜん》と見ている仁のもとへ戻る。買い物かごを持ってこいよ…と声をかけると、仁ははっと我に返り、入り口まで飛んでいった。

「は…はい、瞳」

「サンキュウ。やったな。この豚肉、四百グラムも入ってるぞ。一緒に来てくれてありがとうな。お前がいるから二パック買える」

「どういう意味ですか？」

「すごくお得な肉だから、一人一パックまでって決まってるんだ。…さ、次は野菜だ」

野菜売り場に移動すると、今日の目玉はにんじんの詰め放題だった。にんじんも様々な料理に活用できるお役立ち野菜だ。いくらあっても邪魔にならない。仁にかごを持たせ、瞳は袋ににんじんを詰めていく。

「……瞳。はみ出していますが、いいんですか？」

「大丈夫。これぐらいまでは許してもらえる。…隣、見てみろよ」

瞳に小声で耳打ちされた仁は、その隣を窺い見た。小さな子供を連れたまだ若い女性が、ビニル袋を手で引っ張って伸ばしている。

「ああやって、袋を伸ばしてから入れると、たくさん入るんだ。…だが、俺にはあそこまではできない」

「はあ……」

目を丸くする仁に構わず、瞳は彼に持たせたかごに特売品を次々と入れていった。ごぼうにたまねぎ、レタスやほうれんそうに、ブロッコリー。春先、天候もいいせいか、野菜の値段が安くなってきているのは、瞳にとって嬉しいことだ。

魚売り場ではしらすと、大量に入荷したという豆鯵《まめあじ》が安売りされていた。からあげにして南蛮漬けにすればボリュームも出る。迷わず、かごに入れ、夕食のメインが決まった。

「瞳。さっき、お肉を買いましたよ?」

「肉は冷凍しておけばいいから。新鮮な魚は安売りの機会を逃すとなかなか食べられないからな」

仁の問いかけににやりと笑って返し、瞳は店内をあらかた見終えた。レジで精算すると、普段より多めの金額だったが、日曜はこんなものだ。

「瞳は毎日、ここへ来るんですか?」

「そうだな…。いろいろ考えてこれだけ買っても、あいつらの食う量に追いつかなくてさ。その日ごとの特売を狙って来ることも多い」

「大変ですね」

「そうでもないぞ」

笑って肩を竦め、瞳は仁と一緒に買い物した商品を袋に詰める。一人だと、かごいっぱいになってしまって、落ちないよう手で押さえながら帰るのが常だが、今日は仁がいるので分けて運べる。

「やっぱ、お前、正解だ。かごのある自転車買ったのは」

「そうでしょう」

瞳に誉められた仁は嬉しそうに笑い、二人はスーパーひよどりを後にする。空は晴れわたり、真っ青だ。防波堤のせいで海は遠くにしか見えなかったが、太陽の光が反射して光っているのがわかる。

「…この先に、俺が働いてる工場があるんだよ」

家へ向かって走り出した途中、瞳がそう説明すると、仁が見てみたいと言い出した。生ものを買ったけれど、急いで帰らなければ腐ってしまうというほどの気温でもない。少し寄り道するだけだから、瞳は頷いて、仁を案内した。

海沿いの道を左に折れ、しばらくすると緩やかな坂になる。それを右に折れて間もなく、渋澤製作所の工場が見えてくる。

「あそこだ」

「……しぶさわせいさくしょ……と読むのですか？」

「そう」

自信なさげに漢字を読んで尋ねる仁に頷き、瞳は先に工場の敷地内へ自転車を乗り入れた。

工場の横には従業員の車や、納品用のトラックを停めておくために開かれた空き地がある。今日は休日で、工場の扉も閉められており、トラックが一台停められているだけだ。

瞳は仁と共に、事務所横にある駐輪場に自転車を置いた。空き地の方へ出て、工場全体が見わたせる位置で足を止める。

「ここの社長がさ、父さんが手術した患者さんだったんだよ」

「…それで？」

「進学せずに働くって決めたのも急だったし…それにあいつら、まだ小さかったし。家から近くで時間の融通とかきく勤め先ってなかなかなくて。社長からうちに来ないかって言われた時にはありがたかった」

「……」

仁の方は見ずに告げたが、どういう表情をしているのかはわかっていた。まるで自分がものすごく悪いことをしたような顔をしてるんだろう。想像するだけで苦笑が漏れて、瞳はつけ加える。

「社長と…社長の奥さんと、あとは従業員が俺入れて四人っていう、小さな会社なんだけど、皆いい人でさ。いろいろ助けてくれて。ここで働けてよかったって、心から思ってる」

両親が生きていたら医者になれたかもしれないのに…という後悔は、正直、さほど瞳は持っていなかった。そんなことを振り返るよりも目の前の現実が大変だったし、渋澤製作所で働いて弟たちを育てる日々には充実感があった。

渋澤製作所の皆は、自分だけでなく、渚や薫のことまで気遣い、どんな時でも助けてくれた。弟たちが大きくなり、前ほどは手がかからなくなった今もそうで、元気にしているのか、学校はちゃんと行ってるのかと、ことあるごとに気にかけてくれる。

「……瞳はここでずっと働くつもりなのですか？」

静かな声で仁に聞かれ、瞳は浮かべていた笑みを消して彼を見た。ふっと、埴輪のことが頭に浮かんだからだ。仁は真面目な顔で問いを重ねる。

「渚も…薫も、十分大きくなりましたし、間もなく独り立ちするでしょう。そうしたら、瞳も自分のことを考えてもいいのではないですか？」

仁が何を言わんとしているのかはわかっていた。仁は自分が医者になりたいと考えていたのを知っている。家から近く、融通のきくこの職場で働いていたのは、弟たちの面倒を見なくてはならなかったためだ。その弟たちが成長したら、その必要もなくなるのでは…というう仁の考えに、瞳はゆっくり首を横に振る。

「…いや。俺はここで……これからも働きたい」

明確な思いはあるのに、埴輪の発言が気にかかっているせいで、つい声が曇る。もしも埴輪が娘のところへ行ってしまったら、会社自体がなくなってしまうかもしれない。そうでなくても、吉本や大岡は引退間近であるし、埴輪や社長の年齢自体も高い。渋澤製作所がこれから先、どうなるかは不透明である。

自分がいくら働きたいと思っていても、会社自体がなくなってしまったら。そんな不安が自然と漏れ出し、それに気づいた仁が心配そうに「瞳？」と呼びかける。

「どうしましたか？」

「…なんでもない。帰ろうぜ」

魚が傷むと言い訳を口にし、瞳は駐輪場へ向かった。前かごに詰めた買い物袋を揺らしながら、仁と共に家路に就く。行きよりも口数が少なくなってしまったのは、上り道がしんどかったせいだけじゃない。たぶん、さほど遠くない未来に分岐点がある。そろそろ真剣に考えなくてはいけないのだろうなと思うと、ペダルが重く感じられた。

家に着くと、食材を整理し、瞳は早速料理に取りかかった。ほうれんそうを茹で、ごぼうをささがきにし、にんじんやたまねぎ、ピーマンも切って、じゃがいもを湯がく。

「仁。ごま、擂《す》ってくれ」

「わかりました」

近くで瞳の様子を窺いながら、用事を言いつけられるのを待っていた仁は、嬉しそうに返事をした。仁が何をやらせても遅いのはわかっているが、ごまを擂るくらいならば足手まといにはならないだろう。すり鉢とすりこぎを用意してやると、カウンターの端っこで慎重にごまを擂り始める。ごりごりとすりこぎの音が響き、ごまのいい香りがキッチンに漂う。

「瞳は野菜を切るのも本当に上手ですね。機械みたいです」

「そうか？　…こういう刃物で何かを切るのって、昔から得意なんだよ。父さんは外科医の血だとか、笑ってたけど」

　何気なく言ってから、仁がまた複雑そうな顔になるのに気づいて、瞳は苦笑いを浮かべた。ちょっとだけ苛立ちをこめて、「だから」と告げる。

「俺は医者になれなかったのを、後悔とかしてないから。お前が気にする必要はないんだって。今の生活を十分だと思ってるし、よかったと思うことだって多いよ」

「そうなんですか？」

「もしも医者になってたら、こうやって、日曜日にゆっくり料理するなんてなかったと思うから。お前だって、父さんのこと、しばらく見てたんだから、わかるだろ？」

　地域の中核病院に外科医として勤務していた父親は、常に忙しく、日曜だからといって家にいることはほとんどなかった。地方の医師不足はその頃から指摘されており、父親の勤務先でも医師の数は十分ではなく、休日であっても呼び出されることがままあった。

　多忙な生活は仁も目にしていて、瞳の問いかけに頷く。それから「ごめんなさい」と小さく頭を下げた。

しゅんとしてしまった仁を横目に見ながら、瞳はガスの火を止め、昆布と鰹節《かつおぶし》で取った出汁を布巾とざるを使って漉《こ》す。鍋いっぱいに作った透明な出汁はいろんな料理に活用できる。まず、豆鯵の南蛮漬けに使うつけ汁を作るため、出汁に小口の唐辛子、酢に砂糖、醤油を加えて煮立てた。

豆鯵に片栗粉をまぶし、骨にまで火を通すようにしてからりと揚げる。熱々のまま、用意したつけ汁に落とすと、じゅっという小さな音が響く。それを繰り返し、すべての鯵を漬けてしまうと、瞳はふうと息を吐いた。

これで今晩のメインは用意ができた。そういえば…と思い、カウンターの方を見ると、仁はまだごまを擂っている。

「………」

いい加減、ねりごまになってしまっているのでは…と恐れ、すり鉢を覗いてみたがそうでもない。力加減が緩いのだろうか。不思議に思いつつも、先に他の料理を仕上げてしまおうと思い、仁を放置したまま取りかかる。

きんぴらごぼうに、ポテトサラダ。ついでだからと、みそ汁も作っておいた。煮立ててしまわないように気をつけて、火を止める。後はほうれんそうのごま和えだけだ。そう思って、仁を見るのだけど。

「……」

まだすりこぎをぐるぐると回している。真剣に取り組んでいるのはよくわかるが、遅すぎる。瞳は溜め息混じりにすり鉢をよこすように要求した。

「ごめんなさい、瞳。まだできてないように思うので…」

「もういいから。日が暮れるって」

やっぱりこいつは料理に向いてないとつくづく思い、瞳は仁から取り上げたすり鉢を手元に置く。おおよそできているが、慎重になりすぎて、力の入れ具合が弱かったのだろう。まだ粒が残っているのを見て、瞳はすりこぎをごりごりと回す。

「…そんなに力を入れても…?」

「え? こんなもんだろ。…よし、できたな」

ごまの様子を見て、瞳はすり鉢に砂糖、だし汁、醤油を手早く入れていく。その手際はとても早く、横から観察していた仁は思わず声をあげた。

「ひ…瞳。ちょっと待ってください。今、何を入れたんですか?」

「砂糖と醤油とだし汁」

「分量は?」

「分量?」

怪訝そうに聞き返しながら、瞳は続けて、水気を絞って切り分けたほうれんそうをすり鉢に放り込み、菜箸でささっと和える。「できた」と言う声に、仁は悲壮な顔つきで「待ってください」と繰り返した。

「もうできたんですか？　本当に？」

「何言ってんだ。ごま和えだぞ？　…ほら、食ってみろよ」

菜箸でつまんだほうれんそうのごま和えを仁の前に差し出す。戸惑いを浮かべながらも、口を開けた仁に食べさせてやると、真剣な表情で味わった仁は「美味しいです」と言った。しかし、その顔は美味しいという言葉には程遠い、難しいものだった。

「なんだよ。まずそうに見えるぞ」

「ち…違います。本当に美味しいです。ただ…どうして瞳はあんなにぱぱっとできるのか…。魔法使いみたいです」

「お前は大袈裟だよなあ」

首を捻る仁を笑って、瞳は出来上がったごま和えを保存容器へと移した。その横で覚えるためにか、「砂糖、醬油、だし汁」とぶつぶつ繰り返す仁に、洗い物をやってくれと頼む。素直に頷き、鍋やすり鉢を洗っていく仁の横で、瞳は笑いながら適材適所だと言った。

「料理はできなくても、洗い物とか…片づけとか、掃除とか。ちゃんとできるからいいじゃないか。俺や薫よりも、お前の方がきちんとやれるよ」

「…そう…でしょうか」

「渚だって、お前と同じで料理はできないけど…他のことはやるし。向き不向きだって。渚はさ、お前みたいにのろいんじゃなくて、味音痴なんだよな。どういう味になるか考えないで適当に味つけするから、薄かったり辛かったり…。…まあ、お前もうすぼんやりした味の飯しか作れないけど…」

「うすぼんやり…」

到底、フォローしているとは思えない瞳の台詞を聞き、仁は哀しげな顔つきで繰り返す。それが妙におかしくて、瞳は笑ってしまった。

そんな瞳の笑みにつられるようにして、仁も微笑む。その顔を見たら、ふいに、仁は自分を好きなんだという実感が、心に生まれた。何気ない一瞬で、気持ちを伝えられているような錯覚がして、戸惑いを覚える。

愛しています…という言葉よりも、こうした日常の一つの方が、ずっとリアルに愛情を感じられる。一緒にいるだけで嬉しいのだと、言葉にしなくたってわかる。…自分も同じように思っているから。

「…瞳?」

「……。後、頼んでもいいか? 洗濯物、入れてくる」

「わかりました」

すっとその場を離れることで、湧き上がってくるような気持ちをごまかせた。水音を背中に聞きながら、テラスへ向かう。窓を大きく開け、外へ出ると溜め息が漏れた。仁がいなかった六年間。哀しいことや辛いことがたくさんあったのは事実だけど、それだけじゃなかった。嬉しいことも楽しいことも、ちゃんとあった。神様はそんなに冷たくないから、しあわせだと思える時間もきちんとくれた。

けれど、今、こうして仁と過ごしている時間は別物みたいに思えている。幸福の種類が違う気がする。笑う仁を見て、心に生まれるくすぐったいような感情は、他の誰とも共有できないものだ。

それは…どうしてなのか。わかっていても認められない気持ちが、確かに存在している。仁と一緒にいる時間が増えていくにつれ、ごまかしはきかなくなっていくに違いない。そんな予感がして、怖いような気持ちになった。

豆鯵の南蛮漬け、みそ汁、ほうれんそうのごま和え、きんぴらごぼう、ポテトサラダ。ご飯に載せる、しらすとごま、ゆかりを混ぜた即席ふりかけも作った。瞳の勤めが休みである穂波家の日曜の夕食は、いつも品数が多くて豪華である。

洗濯物を取り入れると、洗い物を終えた仁が手伝いにやってきた。瞳は代わってキッチンへ戻り、渚と薫が帰ってきたらすぐに食べられるように用意した。ちょうどいい時間に炊き上がるよう、炊飯器もセットして居間へ戻る。

「終わったか？」

「はい。お茶でも入れましょうか」

すでに仁は洗濯物を片づけ終えていたので、瞳は一息ついて、ソファに腰かけた。サイドテーブルには仁が買ってきた料理本が積まれており、一番上のものを手にして捲ってみる。初心者向けの本だが、とても丁寧な調理の仕方が紹介されており、自分には真似できないなと思った。

「瞳には物足りない内容なのでは？」

「そんなことはないけど…。俺はこんな丁寧には、できないな。時間がないのが癖になってて、全部すっとばしてる」

尋ねる声に答えながら、瞳はページを捲る。仁はサイドテーブルを移動させ、そこへお盆を置いた。急須《きゅうす》と湯飲みが二つ。鶯色《うぐいすいろ》の緑茶を注ぎ、瞳に「どうぞ」と勧める。

「ありがと。…でも、お前なら本じゃなくてネットとかで見た方が早いんじゃないの」

「料理の本って好きなんです。よくできてるし、面白いですよ」

「まあな。…でも、どれだけ読んでもお前の問題は解決しないと思うけど」

にやりと笑う瞳に、仁は困った顔で首を傾げる。たくさんのレシピを読んで、作り方を暗記したところで、仁の手際がよくなるようには思えない。とにかく、一つ一つに時間をかけすぎなのだと指摘しつつ、瞳はソファから下りて絨毯の上に座り、湯飲みを手にした。

「ごま擂るだけにあんなに時間がかかってちゃ、一食用意するのに何時間もかかるだろうが」

「瞳の手際がよすぎるんですよ」

ソファに凭《もた》れかかると、料理本を手にした仁が並んで座る。彼が膝《ひざ》に広げた本を覗き込みながら、お茶を飲む。仁が入れてくれたお茶は、自分で買ってきた安物の茶葉とは思えない、優しい味がする。きっと丁寧に入れたからなのだろうと思いつつ、「美味しい」と口にした。

「お前、お茶入れるのはうまいよ」

「本当ですか?」

「俺みたいに沸かしすぎたお湯をがーっと注いだりしないからかな」

笑って言い、瞳は湯飲みをテーブルに戻して、窓の向こうを見た。テラスに干していた洗濯物は取り込んだので、大きな窓ガラス越しに、青々とした木々と、遠くに海が見える。居間から見える海はわずかだが、夕暮れに染まってオレンジ色になっているのがわかった。もっと近くに行けば、美しい夕焼けが見られるだろう。

「…ママは夕陽《ゆうひ》が好きでしたね」

「……」

隣にいるから、仁にも同じ光景が見えている。けれど、まさか同じことを考えているとは思ってもいなくて、瞳はどきりとさせられた。仁が戻ってきてから、両親のことを思い出す機会が増えた気がする。

いっぺんに父と母が亡くなり、哀しむよりも先に現実を見なきゃいけないと思って、今まで過ごしてきた。だから、両親に関する思い出を懐かしんだりもしなかった。洗濯物を取り込んでいる時に夕焼けを見ても、そろそろ弟たちが帰ってくるなとか、風呂を入れておかなきゃなとか、現実的な考えしか浮かばなくなっていた。

余裕がなかったというのが一番の理由だが、同時に、思い出したくなかったのもある。仁が言う通り、母は夕焼け空が好きだった。瞳が小さな頃は、街中でマンション住まいをしていたのだが、通っていた保育園の近くに河原があり、そこを歩いて自宅まで戻るのが常だった。晴れた日は手を繋ぎ、ゆっくりと空を見ながら歩いて帰った。

ゆうやけこやけ…といつも母が歌っていた歌声が耳に甦ってくるような錯覚がして、瞳は呆然となる。もう…昔のことなのに。

「瞳…？」

不思議そうな仁の声が聞こえ、瞳は小さく息を吐いた。鼻の奥がつんとするような感覚があり、まずいと慌てる。見られたくなくて顔を背けたのだが、横から優しく抱きしめられた。

「…っ…」

「…瞳、怒らないで聞いてください」

「……」

「兄だからとか、六年も経ってるからとか、俺といる時は思わなくていいですから。瞳が長い間、我慢してきたのはわかっています。我慢は心に悪いです。無理をしないでください」

仁が真摯《しんし》に言ってくれているのは十分に伝わり、瞳は抱きしめられたまま動かず、長い息を吐いた。目を閉じ、気持ちを落ち着ける。仁の匂いと体温が安心をくれて、吹きこぼれそうだった感情が収まっていくのが感じられた。

「……ごめん…」

「どうして謝るんですか?」

「だって…」

「謝らなくてはいけないのは俺の方です。どれだけ謝っても足りないでしょう。瞳が一番大変な時に…側にいられなかった」

許してください…と詫びる仁の腕の中で、瞳は緩く頭を振る。側にいて欲しかったなんて、自分は思っていない。そういう気持ちは本当なのに、口に出せなかった。すぐに戻ってきますと言いながら、仁が帰ってくる気配はなかった。戸惑いが怒りに変わり、空《むな》しさに変わって、両親が亡くなった。何もかもを失った気がして絶望しそうになったけれど、そんな余裕もないくらい、目まぐるしい日々が待っていた。

だから…。

「………」

収まったはずの感情が突如膨れ上がり、涙となって頬を伝う。自分でも驚いて息を飲むと、異変に気がついた仁が抱きしめていた腕を離した。

「…瞳…」

見られたくなくて俯いたけれど、間近にいるのだから、わかったに違いない。手の甲で涙を拭い、その場を離れようとした。しかし、仁の手に腕を取られ、叶わない。

「…っ」

重ねられた唇を瞳は避けられなかった。抵抗すれば無理強いをしないのはわかっていたのに、動けなかった。

仁の唇は少し冷たかったけれど、すぐに温度の差はわからなくなった。優しく啄《ついば》むように何度かキスをして、長く口づける。閉じた唇を開けるように舌先で促され、瞳が口元を緩めると、深い場所まで忍んでくる。

「ん…っ……」

瞳にとって仁は、意識してキスをした唯一の相手だ。初めて口づけられた時は戸惑いが大きすぎて、その後はしばらく仁を避けていた。けれど、仁の想いに負けるように再び口づけ、それに慣れていった。

何度口づけたかわからない。…それ以上のことも。いけないと思いながらもやめられなく

なっていったのは、十代という年齢も影響していた。

そして、今は。もう若くはなく、好奇心や勢いで口づけているのだという言い訳は通用しない。自ら求めているのだと認めなくてはならないだろう。

「……っ……ん…」

仁のキスは甘い。瞳の生活にはなかった快楽の影は、あっという間に理性ある心を浸食していく。いつしか夢中で求めて、口づけに溺《おぼ》れていたのだが…。

階下から物音がするのと同時に、「ただいま」という声が聞こえて、瞳は飛び上がった。

「‼」

慌てて口づけを解き、仁を突き飛ばすようにして離れる。不意を突かれた仁はバランスを崩し、肘でサイドテーブルを倒してしまった。

「っ…うわ…！」

「あ…っ」

サイドテーブルに置いてあった湯飲みや急須が絨毯の上へ転がり落ちる。急いで仁が器を拾い上げ、瞳は雑巾を取りに走る。お茶は入れたばかりで、急須にも湯飲みにもたくさんの湯が入っていた。熱いだの、染みになるだの、高い声をあげて二人でばたばたと片づけていると、薫の声がする。

「何してんの、兄ちゃんたち」

「お…お茶をこぼして…。仁、これ、外に干そう」

「そ…そうですね。その方がいいでしょう」

疚《やま》しさのある二人は薫の方は見ていなかった。テーブルを退《ど》け、絨毯を外してテラスへ通じる窓ガラスを開ける。洗濯用の物干し竿には余る大きさなので、テラスの縁にかけて、雑巾で濡れた部分を拭いた。

「……ごめんなさい、瞳…」

並んで作業する仁が謝ってくるのに、瞳は八つ当たりみたいに無言で足を蹴飛ばした。自分も悪いという認識はあるが、先にキスしてきた仁の方が悪い。自分勝手な理屈でもって注意しようとすると、「ねえ」と薫が呼びかけてくる。

「なんだ?」

腹でも減ったのかと思い、瞳は少々不機嫌な感じで振り返った。薫はテラスへの入り口である窓ガラスの手前に立っており、その手に何か持っている。これ…と掲げる薫の顔には、困ったような表情が浮かんでいた。

「兄ちゃんにお客さん。これ、渡してくれって」

「客…?」

訝しげに繰り返し、瞳は仁に後を任せて、部屋の中へ戻る。薫が手にしているのは地元で有名な、金福堂《きんぷくどう》という和菓子屋の包みだ。

「金福堂じゃないか」

「うん。だから、つい、受け取っちゃった」

「あのなあ…」

えへへ…と笑う薫に渋い顔を見せ、瞳はその手から包みを取り上げた。金福堂は高級和菓子店であり、その看板商品である最中《もなか》はとても美味で、高価だ。穂波家にはとても手の届かない品であるが、たまに両親の仏前にと持ち寄られることがあり、その際は常に兄弟間で醜い闘いが繰り広げられる。

一体、誰が訪ねてきたのか。薫が先に受け取ってしまった金福堂の包みを抱え、瞳は階段を駆け下りる。その後に薫も続き、兄の背中に向かって詫びた。

「ごめんよ、兄ちゃん。だって、金福堂だよ？」

「だからって、先に受け取る奴がいるか、バカ！　そういうもんはお客さんに仏壇の前に置いてもらうんだ」

瞳の口から出た「仏壇」という言葉を聞いた薫は、慌てて「違うよ」と否定する。瞳としては金福堂の最中なんて高級品を持参する客といえば、亡くなった父母の仏壇を参りに来た客に違いないという思い込みがあったのだけど。

「お父さんたちにじゃなくて、兄ちゃんに会いたいってお客さんなんだ」

「俺に？」

「だって、ガイジンさんだよ?」
え…と思った時には、瞳はすでに突っかけに足先を入れ、玄関のドアに手をかけていた。
まさかと思いながらも、勢いでそのまま開けてしまう。扉の先には深々と頭を下げた外国人
……朝、隣のおんぼろ屋敷へ仁を捜しに来た、ポールが立っていた。

仁は帰ったと言っていたのに、どうしてポールが自分を訪ねてきたのか。しかも、金福堂の最中を持って。おそらく、薫の聞き間違いか何かだろうと判断し、瞳は取り敢えず、弟の不調法を詫びた。

「ええと……ポールさんでしたよね? すみません。弟が勘違いしてしまって…。これ」

薫が受け取った金福堂の包みを、瞳は先にポールへ返そうとしたのだが、彼は首を横に振り、受け取ろうとしなかった。一度上げた頭を再度下げ、「申し訳ありませんでした」と深刻な様子で謝罪する。

「穂波さんに…大変なご迷惑をおかけし、深く反省しております。そちらはせめてものお詫びとして持参したものですので、どうかお納めください」

「あー…そんな大したことじゃないし…。こんなもの、もらうことは…」

「お嫌いですか?」

「い…いえ…」

お嫌いどころか、金福堂の最中は穂波家では垂涎《すいぜん》の的だ。背後で薫がぶんぶんと首を横に振って否定している気配を感じ、ぎろりと睨みつけてから、瞳は困った顔をポールに向ける。

「こんなお気遣いいただかなくてもよかったのに…。すみません。…あ、仁、上にいますよ。上がっていかれますか?」

「いいんですか?」

ポールは仁の知り合いだ。だから、何気なく勧めたのだけど、意外なほど、ポールの反応は早くて、ちょっと引いてしまう。仕事に戻る気はないという仁に、ちゃんとポールたちに自分の意志を伝えるように命じた。だから、話し合いの結果、ポールたちは納得して帰ったのだと思っていたのだが…。

「なに? 仁くんの知り合いなの?」

「あ…ああ」

「そうなんだ。どうぞ、どうぞ」

訝しく思う瞳の横から、話を聞いていた薫が、ポールに上がるよう勧める。ありがとうございます…と嬉しそうに礼を言い、玄関へと入ってくるポールを、今さら止めることもできない。ままよと思い、瞳はポールと薫を連れ、二階へと上がった。

「おーい、仁。ポールさん、来たぞ～」

居間に仁の姿はなく、まだテラスで絨毯を拭いているのが見えて、呼びかける。瞳の声を聞いた仁は、恐ろしい顔で振り返り、部屋の中へ駆け込んできた。

「な…なんで、ポールが⁉」

「いや、なんか、お詫びにって」

仁がポールに対し、冷たい態度を取るのを、瞳はすでに目にしている。しかし、薫は初めてで、らしからぬ険相をポールに向ける仁に驚き、どうしたのかと怪訝そうに尋ねた。

「なに？　仁くん、なんで怒ってんの？　喧嘩でもしたの？」

「い…いえ。そういうわけでは…」

「ポールさん、金福堂の最中持ってきてくれたんだよ？　仲直りしなよ」

庇ってくれる薫の背後で、ポールはひきつった笑みを浮かべている。仁が剣呑《けんのん》な態度に出るのをわかっていながら、ポールが嬉しそうな反応を見せたのは、それでも仁と話がしたいからなのだろうなと予想する。

そもそも、仁にはポールの話を聞こうという気がない。建設的な話し合いは無理そうで、これは…自分が間に立たなくてはいけないかもしれない。神妙な顔で腕組みしながら、瞳が仁に声をかけようとした時だ。階下から「ただいま～」という声が聞こえてきた。

「腹減った～。兄ちゃん、晩飯～。腹減って死ぬ～」

薫に続き、帰宅した渚が空腹を訴えると、薫も思い出したように自分も空腹なのだと言い出した。手にしている金福堂の包みをじっと覗き込み、「一個だけいい？」と聞いてくる弟を、瞳はきっと睨みつけて黙らせる。

渚に薫、仁、そしてポールも背が高い。長身の大男に囲まれ、うんざりする気分になって、「とにかく」と仕切り直した。このまま仁とポールの話し合いにつき合ったら、弟たちは確実に最中を盗み食いし、あっという間に食い散らかしてしまうだろう。

それくらいならば。

「先に晩飯にしよう。ポールさんもよかったら食べていってください」

「え……私もいいんですか？」

「そんな、瞳。もったいないです」

とんでもないと首を振る仁を無視し、瞳は渚と薫に手を洗って着替えてくるように命じた。ポールにはダイニングの椅子に座って待ってもらうように頼み、仁を連れてキッチンへ入る。渋い表情の仁を急《せ》かして、夕食の準備を調えながら、さてどうしたものかと隠れて小さな溜め息をついた。

しかし、食べていってくださいと勧めたけれど、豆鯵の南蛮漬けがメインという夕食は、外国人のポールにはどうなのだろう。瞳がその事実に気づいたのは、食卓の用意が調った頃だった。渚と薫が上がってきて、皆でテーブルに着き、ポールが珍しそうに料理の載った皿を見つめているのを目にして、俄に心配になる。

「あ…すみません。ポールさんには…こういう料理は口に合わないかも…」

「いえ、とんでもありません。初めて見る料理なので…珍しくて」

「無理して食べなくてもいいから、さっさと帰れ」

瞳の隣に座るポールに対し、向かい側から仁が渋面でぼそりと呟く。穂波家の面々にとっては仁の悪態は珍しく、中でも一番最後に帰ってきた渚は、目を丸くして仁を見た。

「なに？　どうしたの、仁くん」

「仁くん、ポールさんと喧嘩したみたいでさ。ポールさん、金福堂の最中持って、謝りに来たんだよ」

「そうなの？　仁くん、仲直りしなよ」

二人がどういう関係で、どういう経緯があるのかは聞かず、渚も薫と同じように仁に仲直りを勧める。まったく邪気のない二人に対し、仁は気まずそうな表情で「違うんです」と弁明し始めた。

「彼は…その、俺にとっては迷惑というか…」

「先に『いただきます』するぞ。はい、いただきます」

けれど、弟たちが飢えて騒ぎ出すのを恐れた瞳に遮られてしまう。先頭を切って挨拶した瞳に続き、渚と薫…そして、ポールも一緒に手を合わせるのを見て、仁も慌てて「いただきます」と挨拶した。それから、箸を手に、説明を再開しようとしたのだが…。

「ですから、俺はちゃんと辞めてきたつもりなんですけど、彼らの方が勝手に…」

「けど、お前はそのつもりでも通じてないんじゃ、しょうがないだろう。それにポールさんだって仕事なんだろうし」

「あ、はい。そうなんです。私は仁を連れてでないと、本国に帰れないので…」

「そうなの？　大変だねえ」

「ポールさん、日本語うまいよね。留学とかしてたの？」

「いいえ。日本のドラマを見て覚えました」

「ええっ。ドラマ見ただけで覚えられるもの⁉」

仁は自分の言い分をなんとかして理解してもらおうとするのに、なんのかんので皆に邪魔されてうまくいかない。渚と薫が外国人であるポールに興味を覚えて、話をどんどん脱線させるのも原因だった。

その上、ポールの達者な日本語は日本のドラマ…しかも、時代劇をお手本にしたものだと聞いた瞳まで、好奇心を抱いて弟たちと一緒に会話に加わってしまう。

「時代劇かあ。外国の方にはやっぱ珍しいものですか？」

「私は最初、ちょんまげを見て、衝撃を受けたんです。どうしてあのような髪型なのかと思い、その謎を知りたくて時代劇のドラマを見始めたのがきっかけです」

「きっかけ、ちょんまげなんだ？」

「でも時代劇とかって、話し方違うじゃん」

「そうなんです。初めて日本人と話した時、指摘されて…慌てて勉強し直しました。拙者《せっしゃ》とか、かたじけないとか、使わないよと言われまして」

「そりゃ、そうだ」

あはは…と笑う三人に対し、仁は苦虫を噛みつぶしたような顔で溜め息をついて、ご飯を食べる。何もかもポールが悪いのだと思う心は態度に出て、ねっとりとした視線で睨んでくる仁に気づいたポールは、はっとして表情を引き締めた。

「す…すみません…。穂波さんにお詫びをして、仁と話せる機会がもらえれば…と思い、訪ねてきただけなのに、こんな夕食までごちそうになってしまい…。これ、とても美味しいですね。なんという魚ですか？」

「鰺ですよ。これくらいの小さな鰺を豆鰺と言います。酸っぱいの、大丈夫ですか？」

「はい。マリネのような料理は好物なんです。初めて食べましたが、とても美味しいです」

「兄ちゃん、料理うまいんですよ」

「俺は肉の方がいいけどなあ」

魚を苦手としている渚は不平をこぼすけれど、皿はしっかり空になっている。その上、茶碗のご飯も空で、薫と競い合うようにしてお代わりをしに行くのを、ポールは驚いたように見た。

「もう…食べてしまったんですか…」

「いつもです」

「あ、みそ汁残ってる。兄ちゃん、みそ汁もお代わりしていい？」

「俺も欲しい！　薫、独り占めするなよ」

「鍋ごと飲んでいいから、お客さんがいるのに、みっともない争いをするな！」

ご飯に続き、みそ汁のお代わりも求める弟たちを、瞳は眉をひそめて叱る。その様子を見ていた仁は、目を眇めて瞳の隣に座るポールを見た。

「お前が来なかったら、渚たちのお代わりも増えたのに」

「…あ…すみません」

「……仁？」

きついいやみを向けられたポールは恐縮して謝ったのだけど、瞳は怪訝に思い、仁の名前を呼ぶ。ポールを迷惑に思っているのはわかるが、あまりに子供じみた対応だ。

「あ…ごめんなさい。つい…」

瞳に表情で注意された仁は慌てて、ポールに向けるのとは百八十度違う、おろおろとした態度で謝った。それを見たポールはよかれと思ってフォローするのだけど…。

「穂波さん、お気遣いいただかなくて大丈夫です。慣れてますから」

「ポール、余計なことを言うな！　さっさと食って、とっとと帰れ！」

顔をひきつらせた仁が、我慢できずにポールに悪態をついた時、お代わりを手にした渚と薫がタイミング悪く戻ってきた。二人の前では、仁はいつだって穏やかで優しい。何かあったの？　と心配そうに聞かれ、仁は困った顔で閉口する。

「い…いえ……。その…」

なんでもないです…と消え入るような声で言い、仁は神妙に俯いて箸を動かす。その様子を見ながら、瞳は内心で溜め息をついて、残りのご飯を食べ終えた。


経済的な余裕のない穂波家では、食後のデザートなどというリッチな代物はありえない。けれど、今日は特別で、夕食の片づけをする薫と渚のスピードは速かった。

「兄ちゃん、お茶でいいよね？　最中だもんね」

「ええと、湯飲みは五つ〜」

久しぶりに金福堂の最中にありつけると、大喜びの弟たちにお茶の準備を任せ、瞳は仁とポールを居間へ連れていき、向かい合わせに座らせた。その横に腰を下ろし、憮然《ぶぜん》としている仁に代わって、ポールに説明する。

「ええと…ですね。仁は仕事を辞めたつもりで…もう一度、働くつもりもないと言ってるんですが…」

「はい。それは…承知していますが、私たちとしては…仁に戻ってもらわないと非常に困るのです。仁の代わりができる人間はいません。どうしても必要な人材なのです」

「はあ…」

仁が何をしていたのか。どうも焦臭《きなくさ》い気配を感じているので追及はしていないが、ポールの真剣な表情を見るだけで、仁が重要な役割を担っていたのは十分に理解できた。困った気分で頭を掻く瞳に、ポールは深々と頭を下げる。

「お願いします。穂波さんからも、仁に戻るように言ってください」

「ちょ…ちょっと、ポールさん。頭を上げてください…」

「報酬や条件に関しては、すべて仁の要求をのむと、上も言っております。他にも希望があればすべて叶えると…」

ポールの話を聞きながら、瞳は仁のデイパックに多額の現金が無造作に入っていた理由を察した。銀行の口座にも多くの残高がある様子だ。おそらく、仁は今までも途方もない金額の報酬を受け取っていたに違いない。

月給が二十万と少しという自分とは、まったく違う世界なのだろう。遠い気分で考えていると、黙っていた仁がまたしても尖った口調をポールに向ける。

「俺の希望はお前たちに関わらず、ここで瞳たちと暮らすことだけだ。俺が金で動かないのはわかってるだろう?」

「そう…ですが…」

「なら、帰れ。すぐに帰れ。二度と来るな」

「仁」

子供じみた言いぐさを窘めると、渚と薫がお茶を運んできた。普段はしまってあるローテーブルを出してきて、お茶の用意をしながら、瞳に媚《こ》びた視線を向ける。

「兄ちゃん。最中さ、十五個入りだったんだけど、今、皆で一個ずつ食べるじゃん」

「で、残り十個じゃん」

「山分けしてもいい?」

ひそひそ声ではあるけれど、仁もポールもすぐ側にいるから丸聞こえだ。瞳は眉間に皺を刻み、みっともない真似はするなと、何度目かの注意をする。

「お前らな! お客さんの前で…」

「渚、薫。俺は食べませんから、俺の分も食べていいですよ」

「えっ…いいの?」

「でも、仁くん。金福堂の最中だよ」

「ポールが持ってきたものなんて…」

絶対食べたくないと、仁は意固地に言い張ろうとしたのだが、怪訝そうな瞳の声を聞き、動きを止めた。

「いいのか？　最中って、あんこ、入ってるぞ」

「……」

お前、大好物じゃなかったか？　瞳に確認されたものの、仁は答えられなかった。小豆あんが大好物であるのは確かだが、ポールが持ってきたものを食べるわけにはいかない。ジレンマに震えながら、仁が沈黙していると、渚と薫がテーブルの向こう側に座って、早速最中を食べ始めた。

「ああ、最高。やっぱ、金福堂のあんこは違うね。世界一だね」

「この上品な甘さ…。しっかりとした小豆の粒…。たまらない」

「お前ら、味覚がオヤジだよな」

「兄ちゃんが渋い料理しか作ってくれないからね！」

「よかった。皆さん、好物だったんですね」

賑やかに話しながら金福堂の最中を味わう穂波家の皆を見て、ポールも嬉しそうに笑う。しかし、どこからか冷たい視線を感じた彼は、すっと顔色を変えた。最中の輪に入れない仁が、恐ろしい形相でポールを睨んでおり…。

「…お前…わざと最中を持ってきたんだろう？」

「えっ…⁉　ち…違います、違います！　日本ではお詫びの品を持参するものだと聞いていたので……駅前で見つけた和菓子店で聞いてみたら、日持ちもするし、最中がいいだろうと勧められたんです」

「あー金福堂の駅前店だね」

「ポールさん、ナイス選択だよ」

必死で説明するポールを、渚と薫が誉めるものだから、仁はますます目を眇めてポールを睨みつける。どうしたものかと慌てるポールを気の毒に思い、瞳は仁にも最中を食べるよう勧めたのだが、意地になっているのか、瞳の勧めにも応じない。

結局、拗《す》ねてしまった仁は、ポールの話を聞くどころか、彼を見もしなくなってしまい、話し合いはうまくいかなかった。


食べ物の恨みは恐ろしい。最中が登場してから、さらに邪険にされたポールは仁の説得を諦め、暇《いとま》を告げた。弟たちに片づけを命じ、拗ねている仁を放置して、瞳は一人、ポールを見送りに出た。

「すみませんでした、ポールさん」

「いえ…。こちらこそ、仁の機嫌を損ねるような真似をしてしまい…。皆さんにご迷惑がかからなければよいのですが…」

真剣に心配している様子のポールに、瞳は苦笑を返す。ポールも気づいているかもしれないが、自分たちに対して仁は決して悪態をついたり、いやみを向けたりしないのだと説明する。

「だから、大丈夫です。ていうか、ポールさんにあんな態度を取るのを見て、ちょっと驚いたんですけどね。…まあ、おじさんに対してもああでしたが…。たぶん、仁にとってうちの人間は特別なんだと思います」

「……穂波さんは…仁の父親をご存知なのですか？」

「え？　…ええ。以前、隣で暮らしていましたから。…といっても、おじさんはほとんどいませんでしたけど…」

「そう…ですか…」

何か言いたげな様子を感じたが、ポールはそれ以上、言わなかった。玄関を出て門へ向かい、どうやってここまで来たのかと、瞳が聞こうとした時だ。何気なく顔を上げた先に、人影を見つけて、どきりとする。

門の向こう側に…黒い人影が二つ。門を挟むようにして両脇に立っている。門灯の明かりで、スーツを着た男性二名だとわかるのだが…。

「…誰だろ…？」

「あ、すみません。私のセキュリティガードです」

怪訝そうに呟いた瞳に、ポールがさらりと答える。セキュリティガード…とは？　驚いた表情になる瞳に、ポールは昼間に乱暴を働いたのも自分のセキュリティガードだったのだと、説明した。よく見れば、右側に立っている男には見覚えがある。

「外へ出る際にはセキュリティガードを伴うことが義務づけられている立場にあるものですから」

「……はあ…」

「仰々しくてすみません。…また、ご相談させていただいてもよろしいですか？」

「でも…あいつは…戻らないと言ってますから…」

「仁という人材を諦めるわけにはいかないのです。仁を動かせる可能性があるのは…穂波さんだけでしょうから」

よろしくお願いします…とポールは深々とお辞儀する。困惑した瞳がどう言えばいいかわからないでいるうちに、ポールは門を開けて外へ出ていた。

「……お気をつけて」

「ありがとうございます。…失礼します」

瞳が門から外へ出ると、家のすぐ脇に車が二台、停められていた。黒塗りの外車は夜目にも高級そうなものだ。屈強なセキュリティガードに導かれ、ポールは前方の車に乗り込む。

バタンバタンとドアの閉まる音が響き、車が走り出す。

坂道を下る車のバックライトが見えなくなると、瞳は敷地内へ戻ろうと思い、振り返った。

すると。

「やっと帰りましたね」

「っ…びっくりした…！」

いつの間にか仁が家の中から出てきていた。居間で拗ねていたはずなのに、すぐ後ろまで来ていた仁に驚き、瞳は怪訝な顔で説教する。

「お前な、出てきてたなら、ちゃんと挨拶しろよ」

「ごめんなさい。でも…ポールを迷惑に思っているのは事実なので、見送りなんてできません。瞳に迷惑をかけてしまったのは…申し訳なく思っていますが…」

「まったくだ。最中くらいで拗ねやがって」

ふんと鼻先から息を吐いて腕組みする瞳の前で、仁はしゅんと肩を落とす。その様子はポールを前にしていた時とは別人のようで、瞳はつい、おかしくなって笑みを漏らした。

「ほんと、お前はバカだな。…ほら、中入るぞ」

仁に声をかけ、先に門から入ろうとした瞳は、急に腕を取られてバランスを崩す。けれど、背後から抱き寄せられたので、倒れてしまうことはなかった。

大きな身体に背中を包み込まれると、望んでいるわけじゃないと思うのに、心がほっとする。人肌の温《ぬく》もりを感じて、ぎゅっとしがみついてくる仁に、瞳は何も言えなかった。

「…瞳……。ごめんなさい…」

「……」

謝る声に元気がないのは、自分の冷たい部分を見せてしまったせいだろう。けれど、仁が自分だけに……渚や薫にもだけど…特別なのは、昔からわかっている。実の父親にも、仁はものすごく冷たかった。

どっちが本当の仁なのか。瞳は苦笑を浮かべて、からかうように言う。

「俺は…お前が本当はすっごく冷たくて、いやみな奴だって知ってるけど、あいつらは知らなかっただろうから、引いてるんじゃないか」

「……。…渚と薫ですか？」

「嫌われないようにしろよ」

笑い声で言い、肩に回されている仁の腕を解く。くるりと向きを変え、神妙な表情で見下ろしている相手に注意した。

「それと！　触るなって言ってる」

「…ごめんなさい……」

「あいつらは？」

「お風呂に入るって言ってました」

明日は月曜。学校も会社もある。順番に風呂に入って、早めに眠る準備をしなきゃいけない。それが穂波家の日曜の夜だ。瞳は小さく息を吐き、仁を促して家へと戻った。

家に入ると、ちょうど渚が風呂に入ったところだった。薫も続けて入るというので、終わったら報せてくれるように頼み、瞳は仁と共に二階へ上がった。

弟たちによって台所は綺麗に片づけられていたので、翌朝用の米だけを研いで、炊飯器にセットした。ついでにお湯を沸かし、仁にお茶を入れるよう頼む。ポールとの話し合いの場で、仁はずっと拗ねていたから、お茶にもほとんど口をつけていなかった。

「居間の方へ持っていってくれ」

「わかりました」

お盆に載せた急須や湯飲みを仁が運んでいくと、台所の電気を消して、瞳もその後に続いた。テーブルにお盆を置いた仁に、「ほら」と金福堂の最中を渡す。

「……瞳…」

「変な意地張ってないで、食ってみろよ。絶対、お前好きだから」

「でも…」

「ポールさん、もう帰ったんだし、いいじゃんか。このままだと、明日にはもうないぞ」

うちにはハイエナが二匹もいる…と渋い顔でぼやく瞳に苦笑し、仁は「いただきます」と言って最中を受け取った。瞳が湯飲みにお茶を注ぎ、仁は最中の包みを開く。

「金福堂っていってさ。このあたりでは有名な和菓子屋なんだよ。お前がいた頃は、俺も知らなかったんだけど…ほら、父さんと母さんが亡くなって、仏壇にお供えものとかもらうじゃん。それですっごい美味しいって知ってさ」

「…これは…この皮の間にあんこが挟まれているのですか？」

初めて目にする最中に、仁は興味津々だ。かつて、瞳の家に居着いていた頃、仁は生まれて初めて饅頭《まんじゆう》を食べて、小豆あんの美味しさを知った。いなくなるまでの間、何度も饅頭は食べたはずだが、最中は初めてだろう。

金福堂の看板商品でもある最中は、菊の花を模した黄金色のさくさくの皮で、上等な粒あんをたっぷり挟んである。包みから出てきた最中をためつすがめつ眺めた後、仁は神妙な顔で一口頬張った。

「……美味しい…」

「だろ？」

もぐもぐと咀嚼《そしやく》し、一言、仁が漏らした感想を聞き、瞳はにやりと笑った。だからこそ、薫は金福堂の包み紙を見ただけで、相手をよく知りもしないのに喜び勇んで受け取ったのだ。

「結構、高くてさ。うちじゃ、お供え用に誰かが持ってきてくれない限り、口に入らない代物なんだ」

「そんなに……」

「い…いや、違うぞ。お前が考えるような値段じゃないって。うちの家計にしてはってことだよ」

真剣に食べかけの最中を見つめる仁が途方もない金額を想像していそうな気がして、瞳は慌てて訂正した。なんたって、札束をデイパックに放り込み、いくらでも報酬を出すと言われているような男だ。

「このあんこの上品な甘さ……ぱりぱりの皮の食感と風味…。最中というのはこの…金福堂という店でしか売ってないのですか？　それともお饅頭みたいに、どこの和菓子屋さんでも作っているものですか？」

「うーん…俺もあんまよく知らないけど、どこでも作ってんじゃないかな。でも、金福堂のは特別に美味しいんだと思う」

そうですか…と頷き、仁はちびちびと味わいながら残りの最中を食べた。しあわせそうな様子を見ているだけで、瞳にも笑みが浮かぶ。

「あと、残り十個だから。あいつらと交渉して、分けてもらったら？」

「瞳は？」

「俺の分があるなら、お前にやるよ。お前の方が美味しそうに食べる」

「そんな…いけません。…じゃ、渚と薫は三つずつで、俺と瞳は二つずつにしましょう」

それならば渚たちも納得してくれるはずだと言い、仁は最中を食べ終える。しみじみとした口調で「ごちそうさまでした」と手を合わせ、お茶を飲んだ。その表情はとても幸福そうで、瞳はからかい半分に聞く。

「ちょっとはポールさんに感謝したか？」

「……。それとこれは別です」

「ポールさん、いい人そうだけど……お前のこと、諦めるつもりはないって言ってた」

「あいつは立場的に俺を連れ帰らないとまずいんですよ。でも、俺には関係のない話です」

きっぱり切り捨てる仁に何も言えず、瞳はお茶を飲む。ポールを気の毒に思う気持ちもあるけれど、自分はやっぱり仁の味方だから、手助けはできない。だって、ポールの希望を叶えるということはつまり、仁がまたいなくなるってことだ。

「……」

自分がどう思っているのかがわかって、瞳は複雑な気分になった。仁に戻って欲しくない。ここにいて欲しい。帰ってきたのを素直に喜べなくて、出ていけなんて言ったりもしたけれど、一緒に時間を過ごしているとやっぱり仁にいて欲しいと思ってしまう。

「…瞳？」

「……え…？」

「どうかしましたか?」

優しく微笑み、落ち着いた声音で聞いてくれるのを見ていると、ポールに対して冷たい態度を取っていたのが嘘のように思える。きっと、仁は自分や…渚や薫以外には、誰に対しても、あんな感じなのだろう。父親に対してもああだった。

「…お前って、二重人格とかなんじゃないの」

苦笑した瞳に言われ、仁は困った顔になる。違うんです…と説明する様子は真剣なものだった。

「俺にとっては…瞳は……渚も薫も…亡くなったパパもママも。特別な存在なんです。後はどうでもいいんです。だから…」

「おじさんも?」

「一番どうでもいい存在です。あれは」

眉をひそめる仁を窘めるつもりはなかった。仁はひどく父親を嫌っているし、貶《けな》してみせるけれど、物凄くしぶしぶでもその要求をのんでいた。だから、「すぐに戻ってきます」と言い残していなくなったのだ。

「瞳だけでなく…渚や薫もいたのに、あんな態度を取ってしまったのは反省していますが…ポールは本当に迷惑なので…」

「いいよ。わかってる」

「瞳…」

「俺たちが特別なんだろ？」

 冷たい仁と、優しい仁と。どっちが本当かなんてわからないし、決める意味もない。すぐ側にいてくれる仁が演技をしているわけでも、嘘をついているわけでもないと確信できるのだから。

にっこり笑って尋ねた瞳を、仁は黙ってじっと見つめた。「瞳」と呼ぶ声に混じる想いはすぐに伝わり、ちょっと先の未来も見えたのに、瞳は動けなかった。隣に座る瞳の肩に手をかけ、仁は唇を寄せる。

「……」

重ねるだけの口づけが、ゆっくりと深いものに変わっていく。いけないと思う気持ちよりも、仁が与えてくれる心地よさに酔いたいと望む心の方が、ずっと大きかった。ポールが持ってきたものだから、最中を食べないと意固地になった仁と、帰ってきたのを素直に喜べなかった自分は、似ていたのかもしれない。

長く口づけて、仁が唇を離す。間近から覗き込んでくる茶色の瞳に、掠れた声で呟く。

「……だめだって、言っただろう」

「…ごめんなさい」

小さく謝ってから、仁は再び唇を重ねる。窘めたくせに、二度目のキスもやっぱり拒めなくて、瞳はそっと瞼《まぶた》を閉じた。

炊き立てのご飯に、納豆。みそ汁はお麩《ふ》と葱。作り置きのきんぴらを混ぜた和風オムレツ。月曜の朝、少し早めに起きた瞳は朝食と弁当を用意してから、仁と共にテーブルに着いた。しかし、朝食を食べ終わっても渚と薫が起きてくる気配はない。

「仁、薫を起こしてきてくれ。朝練あるって言ってたくせに起きてきやがらない」

「わかりました」

使い終わった食器を片づけながら、瞳は仁に一階の様子を見てくるように頼む。時刻を見て、薫が言い出しそうなことを考えながら、おにぎりを用意し始めた。間もなくして階下で慌ただしい音が響き、薫が血相を変えて駆け上がってくる。

「うわー、やばい！　兄ちゃん、弁当ある？　朝飯、いい。もう行かんと、遅刻する！」

仁に起こされた薫は、目覚ましをかけるのを忘れたと焦り、ジャージを着るのもそこそこに弁当を要求する。瞳は眉間に皺を刻み、説教しながら昼食の弁当とは別におにぎりを差し出した。

「夜更かしばっかしてるからだ。こっちが昼の弁当な。こっちのおにぎりは朝飯にしろ。一気に全部食うなよ」

「わかってるって。ありがと。行ってきます」

瞳が用意した弁当箱や包みを、乱暴に鞄《かばん》に詰め込み、薫はまた階段を駆け下りていった。

ほっとする暇もなく、今度は渚が駆け上がってくる。

「兄ちゃん、ごめん。俺もおにぎりにして！　朝の補講があるの、忘れてた」

「お前らなあ…」

二人揃って、月曜の朝から何をしてるんだとぶつぶつ言いながらも、瞳は手早くおにぎりを握る。薫と同じように、朝の分、昼の分と説明し、渚にも一気に食うなと忠告した。

「昼に食うもんがなくなって困るのは自分だからな」

「大丈夫。じゃ、行ってきます！」

ばたばたと家中に響くような足音が消え、玄関のドアが閉まる音がすると、瞳ははあと息を吐いた。お疲れ様です…と苦笑いを浮かべて慰めてくれる仁に肩を竦め、台所の片づけを終えた。

「瞳。後は俺がやっておきますから、出掛けてくださいね」

「悪いな。洗濯も頼めるか？」

「もちろんです」

「助かる。…あ、これ、お前の弁当な」

自分の弁当箱をナフキンで包みながら、瞳は横にある容器を指し示す。三人分を作るのも、

四人分を作るのも大差はない。ついでに仁の分も作っておいた…と言う瞳を、仁は目を輝かせて見る。

「弁当箱がなくって、保存容器なのは勘弁な」

「とんでもない！　容《い》れ物なんて、なんでも！」

ブンブンと首を振り、大仰に喜ぶ仁を見ているのがなんだか照れくさく思えて、瞳はごまかすみたいに、さっさと出掛ける用意をした。弁当と水筒を入れたデイパックを肩にかけ、玄関へ向かう。仁はその後に従いながら、瞳の背中に何度も礼を言った。

「ありがとうございます。本当に嬉しいです。大切にいただきます」

「そんな大袈裟なもんじゃないだろ。作り置きのおかずを適当にぶっこんだだけの弁当だって」

「瞳が作ってくれたというだけで価値があります。瞳は何時頃、食べるのですか？」

「俺？　十二時のサイレンが鳴ったら休憩って決まってるから…」

「じゃ、俺も十二時になったらいただきます」

靴を履きながら振り返ると、仁は保存容器を大事そうに両手で掲げるようにして持っている。呆れた目を向けて外へ出る瞳にひっついて、仁もそのまま門の外まで見送りに出てきた。

「行ってらっしゃい。気をつけて」

「…ん。行ってきます」

自転車を漕ぎ始め、少しして振り返ると、仁が手を振ってくれる。そんな光景を見るだけで安心できる気がして、瞳は小さく笑みを浮かべて、ペダルを漕ぐ足に力をこめた。

両親が亡くなってから、自分を見送ってくれる相手はなくなった。実際、父も母も忙しくしていたから、外まで出てきてくれることなどなかったのだけど、家にいる時は必ず、「行ってらっしゃい」と言ってくれた。

そんな当たり前のことがなくなって、その頃にはもう大人に近かったから、全然気にしていなかったのに。実は寂しかったのかなと考えながら自転車を漕ぎ、渋澤製作所に着くと、いつもは駐車場に停められているトラックがなかった。不思議に思いながら事務所に入り、すでに出勤してきていた吉本に尋ねる。

「おはようございます。吉本さん、社長、出掛けてるんですか？」

「ああ。埴輪さんと川崎の近藤精機までね。今度入れ替える機械の件だって」

「あ、そういえば、金曜にそんなこと言ってましたね」

聞いた覚えがあると頷く瞳に、吉本はコーヒーを入れて差し出す。ありがとうございます…と礼を言い受け取ると、視線を感じた。じっと見てくる吉本は何か言いたげで、「どうかしましたか？」と尋ねた。

「…いや…」

吉本は首を横に振ったけれど、なんとなくぴんと来た。瞳はコーヒーを一口飲み、窺うような口調で埴輪の名前を挙げた。

「埴輪さんの…？」

もしかして吉本は埴輪から相談を受けたのだろうか。そんな予感を抱いて聞いた瞳に、吉本はすっと目を大きくして、「社長が？」と尋ね返してくる。

「いや…俺は埴輪さんからちらりと……」

「娘さんのところへって話か？」

「はい。でも…埴輪さんは行く気はないって…言ってたんですけど」

吉本の口振りからすると、埴輪が社長に相談を持ちかけ、社長から話を聞いたのだろうと思われた。しかし、吉本の口からは意外な人物の名が出てくる。

「そうか…。いや、俺が社長から聞いたのは、埴輪さんの娘がね、訪ねてきたって話だよ」

「娘さんが…社長を？」

「ああ。娘はどうしても埴輪さんに浜松の方へ来て欲しいんだそうだ。カミさんが亡くなってもう二年になるだろう。歳も歳だし、一人暮らしをさせておくのは不安だって…それにあまり歳を取ると新しい土地にも馴染《なじ》めないからってね。社長から説得してくれないかって頼まれたんだそうだ。…だが、社長にも困った話だろう。昨夜、大岡さんと一緒に飲みに誘われて…どうしたもんかって」

「そうだったんですか…」

埴輪自身が相談したというのならまだしも、娘が社長を訪ねたという話に、瞳はどきりとさせられた。渋澤製作所の状況を知らないのか、知っていても、父親を心配する気持ちの方が強いのか。後者の方だろうなと思っていると、吉本の声が聞こえる。

「社長が埴輪さんを連れていったのは、話をしようと思ってじゃないかね」

「……」

瞳の方は見ずに、ぽつりと言って、吉本は手にしていたカップからコーヒーを飲む。埴輪は自分に、娘のもとへ行く気はないと言ったが、社長はどういう話をするつもりなのだろう。ぼんやり考えていると、大岡が現れた。二日酔いで寝坊したとぼやく大岡に、吉本はからかいを向けながらコーヒーを入れてやる。

それで話はお開きになり、社長と埴輪が留守の分、働かなくてはいけない瞳は、早々にコーヒーを飲み終えて作業に取りかかった。月曜の朝ということもあり、取引先から何本も電話が入るし、引き取りの車も入る。慌ただしい忙しさがうまい具合に心配事を飛ばしてくれた。

けれど、ちょっとでも余裕ができると、やはり気にかかってしまう。

「瞳くん、休憩にしようか」

「あ、はい。これだけ終わらせちゃいます。先に休んでください」

渋澤製作所では地域の防災無線から昼のサイレンが鳴り響くのを合図に、昼休みに入る。社長と埴輪はまだ戻っておらず、大岡から声をかけられた瞳は一段落するところまで仕事を進めてから、昼にした。普段は事務所で食べるのだが、天気もよかったし、なんとなく外で食べたいなと思って、駐車場の端っこまで弁当を持って歩いていった。

吉本たちといれば、重い話題になる気がして、少し怖かったのもある。駐車場の向こうは畑が広がっており、その間を通る用水にはコンクリートの蓋がされていて、一段高くなっている。あたりに人気はなく、道沿いでもないので、昼食を食べるには最適な場所だ。

弁当の包みを広げ、蓋を開ける。ご飯をぎゅうぎゅうに詰めた上に、昨夜のきんぴらごぼうと、ささっと拵えた豚こまの野菜炒めなんかを載せてある。仁も食べている頃だろうかと考え、空を見上げると、とても青くて、ちょっとだけ気分がよくなった。

考えても仕方がない。なるようにしかならない。困難に当たった時はいつもそう思うようにしている。埴輪が娘のところへ行くと言うならば、渋澤製作所の全員が賛成するに違いないし、自分もそうだ。

いずれ、近い将来、直面しなくてはいけなかった問題だ。本当はいつまでもここで働いていたいけれど、叶わないとわかっていたじゃないか。自分に言い聞かせながら、弁当を食べていた瞳は、まったく周囲を気遣えていなかった。

だから。

「あの…」

「わっ！」

突然、背後から聞こえてきた声に驚き、思わず箸を取り落とす。慌てて拾い上げ、後ろを振り返れば、ポールが立っていた。

「ポールさん！　どうしたんですか？」

「驚かせてすみません。ちょっとよろしいですか？」

にっこり笑って言うポールに、瞳は「どうぞどうぞ」と座るように勧めた。ポールは昨日と同じくちゃんとしたスーツ姿で、汚れた作業着姿であるのが少しだけ気恥ずかしく感じられた。

「偶然…通りかかった…なんてことはないですよね？」

渋澤製作所は海岸沿いを走る国道から一本入ったところにあるし、瞳が昼食を食べていたところはさらに奥へ入っている。明らかに自分を訪ねてきたのだろうなと思いつつ尋ねると、ポールは「すみません」と詫びる。

「穂波さんと話がしたくて…。お食事中に失礼してもよろしいですか」

「ええ…。時間が限られているので、食べながらでもいいですか？」

用件は仁のことだろう。瞳は苦笑して、確認を取った。ポールは「もちろんです」と真面目な顔で言い、再度、非礼を謝った。

「ご迷惑をかけているのはこちらの方です。お宅を訪ねようかと思ったのですが、私が伺えばまた仁が…機嫌を損ねるかと…」

「あー…意外と子供じみたところ、あるんですよね。すみません」

「……」

昨夜、仁に邪険にされていたポールに対し、瞳は申し訳ない気分で謝ったのだけど、彼がじっと見ているのに気づき、首を傾げる。「何か?」と聞く瞳に、ポールは小さく息を吐いてから、口元に笑みを浮かべた。

「穂波さんは…仁を待ってらしたんですか?」

「え……」

どきりとするような問いかけに、瞳は箸を止める。つまみ上げかけていた豚肉を下ろし、どういう意味なのかと考えた。ポールは…仁からどう聞いているのだろう? どう答えるべきかと悩む瞳に、ポールは説明する。

「仁は…日本に『瞳』という名の恋人がいて、早く帰りたいとずっと言ってました。…しかし、我々にとって仁は非常に重要な存在で、彼がいないと立ちゆかないことだらけなのです。ですから…正直、日本へ帰すつもりはありませんでした」

「…そう…だったんですか…」

「そもそも、彼の父親が我々と交わした契約の内容を達成するには、十年以上はかかるだろうと見込まれていたのです。それを仁は六年で成し遂げ、約束した仕事は終えたと言って、姿を消しました。仁を捜し出す手がかりは、『日本』と『瞳』という名前だけでした。私は仁が研究所にやってきた六年前から彼を知っているのですが、彼の口から聞けたプライヴェートな情報は、それだけだったのです」

なるほど…と思いながら、瞳は仁から聞いた話を思い出す。すべて父親のせいだと言っていたのは本当だったのだ。自分のもとへ帰ってきたくて、必死で仕事を終わらせたというのも。嘘だとは思っていなかったが、改めて他人の口から聞くと、仁の想いがせつなく感じられる。

「彼の父親が日本に滞在していた当時のことを調べ……こちらにあるあの家の隣に、穂波瞳という名前の人物が住んでいるとわかるまで、結構な時間を要しました」

「あいつ自身、住所とか覚えてなくて、何週間も迷ってたらしいですよ。あいつは重度の方向音痴ですからねえ」

「そうなんですか？」

「知りませんか？」

いいえ…と首を横に振り、ポールは苦笑した。ポールが仁を六年前から知っているのであれば、自分よりもずっと長い時間を過ごしているはずだ。

「あいつが隣に越してきて…いなくなるまで。一年もなかったですから」

「それでも…穂波さんと一緒にいた時間はまったく違うものだったのでしょう。仁があなたを誰よりも大切に想っているのは確かです。…瞳という名だったので、私は女性だと思い込んでいたのですが」

「……」

まずいところを指摘され、瞳は頬をひきつらせて、ごまかすみたいに再び弁当を食べ始める。ご飯をかき込み、もぐもぐと咀嚼しながらポールを見ると、彼は遠くを見ているみたいに前方に視線を向けていた。

「穂波さんや……弟さんたちにもですけれど、あんなふうに人と接している仁を見たのは初めてで…正直、驚いたのです。昨夜、仁が私にきつい言い方をすると穂波さんは注意していらっしゃいましたが、…あんなの可愛い方で」

「…え…?」

「おそらく、穂波さんたちの前だから、仁は自分を抑えていたのだと思います。もしも穂波さんたちがいなければ…もっと酷いことをたくさん言われていたでしょう」

「…はあ…。確かに…あいつ、おじさんにもきつかったんですよ。…なんていうか……うちの家族だけが特別みたいです」

「ええ。そうだと思います。向こうでも仁は必要以外の会話は交わさず、山のようにいやみを向けられる私が一番親しい人間だと捉えられていたくらいです」

ポールが遠い目をしているのは、それだけの苦労があったからなのだろう。瞳は申し訳ない気分になって、「すみません」と詫びた。

「穂波さんが謝ることではないですよ」

「でも…」

「……。私も…昨夜、穂波さんのお宅へお邪魔してなんとなくわかったんです。仁が穂波さんたちを大切に思っている理由が。仁は幼い頃から特別な環境で育ったと聞いてますから、穂波さんたちのような方々に出会ったのは初めてだったのでしょうね」

ポールの考えは当たっているだろうと思い、瞳は頷いて、残りの弁当を食べ終えた。どこかで鳶《とんび》が高い声で鳴いている。ポールは青い空を見上げ、いつもここで弁当を食べているのかと聞いた。

「毎日ではないですけど…天気のいい日は。外で食べた方が気持ちいいんですよね」

「とても贅沢《ぜいたく》なランチですね」

「まさか。残り物の弁当ですよ?」

真面目な顔で返す瞳を笑ってから、ポールは小さく息を吐いた。本題に入ろうとしている気配を感じ、瞳は空になった弁当箱の蓋を閉める。箸をしまい、膝に広げていたナフキンで弁当箱を包む瞳に、ポールは真剣な口調で頼んだ。

「穂波さん。なんとか…仁を説得してはもらえませんか。穂波さんの言うことならば、聞くと思うのです」

「……」

切実な雰囲気がポールからしみじみと伝わってきて、瞳はすぐに口を開けなかった。ポールを気の毒に思う気持ちはあるけれど、やはり…仁を説得はできない。仁がまたいなくなってしまうなんて…。

「…すみません、ポールさん。俺は……あいつが帰ってきてくれて……嬉しいんです。最初は戸惑って…意地張ったりもしましたが…やっぱ、仁が側にいてくれると……」

ほっとできて……いてくれるだけで、自分がとてもリラックスしているのがわかる。渚や薫とはまた違う、特別な存在。仁が帰ってきたことで、自分が無理をしていたのだともわかった。

突然、仁を失った戸惑いと寂しさは、両親の死によってうまくごまかせた。六年の間、多忙な日々を言い訳にして見ないようにしていた気持ちは、止まっていたも同然だった。再会した仁と過ごす日々は昔そのままで、時間が経つにつれて、元に戻っていくような気がしている。

このまま一緒にいたい。自分はそう望んでいるのだとはっきりわかって、瞳は小さく息を吐いてから、口を開いた。

「だから…」

本当に申し訳ないのだが、ポールの頼みは聞けないと、はっきり断ろうとした時だ。「瞳くん！」と呼ぶ吉本の声が聞こえてくる。顔を振り向かせれば、駐車場を駆けてくる姿が見えた。

「どうしたんですか？」

「大変だ！　社長が倒れたって…！　救急車で運ばれたって、電話があった！」

「‼」

吉本が血相を変えて伝えにきた報せに驚き、瞳は飛び跳ねるようにして立ち上がる。弁当箱の包みをひっつかみ、ポールに「すみません」と詫びた。

「ま…また…っ…今度…」

社長が倒れたという渋澤製作所の一大事に、ポールと話していた内容は頭から吹っ飛んでしまう。息を切らして駐車場を駆けてきた吉本のもとへ走り寄り、詳しい事情を聞いた。

「倒れたってどこで⁉　大丈夫なんですか？」

「埴輪さんと帰りがけに昼飯食ってる途中で……意識はあったらしいが、今はわからない。奥さんは家の方から病院に行くそうだ。市民病院だっていうんで、今から様子見に行ってくる。大岡さんが留守番してくれるって言ってるんだが、瞳くんは…」

「俺も行きます」

吉本が最後まで言う前に瞳は返事する。二人ですぐに行こうと決めたが、会社のトラックは社長たちが乗っていってしまっているし、足がない。市民病院までは自転車で行くには少し距離がある。タクシーを呼ぼうかと提案する吉本に頷きかけた瞳は、背後から肩を叩かれて振り返る。すぐ後ろにポールが立っていた。

「え…ポールさん？」

「私の車がありますから、お送りします」

願ってもない申し出に、瞳は大きく頷く。ありがとうございます…と礼を言う瞳の横で、ポールが携帯で連絡を取ると、すぐに黒塗りの高級セダンが渋澤製作所の駐車場へ入ってきた。

「…瞳くん。ところで、誰だい？　この人たちは」

勢いに流されるようにして瞳と共に後部座席に乗り込んだ吉本は、車が走り出して間もなく、潜めた声で尋ねた。運転席でハンドルを握っているのは、先日、瞳を拘束したジョージで、ポールは助手席に座っている。

「あー…ええと、俺の友人の同僚の人たちで…。ポールさんと……ジョージさんです」

「はあ。瞳くんにガイジンさんの知り合いがいたとは。お世話をかけてすみません、お二人とも。ありがとうございます」

丁寧に礼を言い頭を下げる吉本に、ポールは「お役に立ててよかったです」と流暢《りゅうちょう》に返す。ポールから日本語を返された吉本は、緊張していた顔を緩めて、笑みを見せた。

「ああ、そうか。さっきも日本語話してたもんな」

「けど…社長って、体調悪いなんて言ってましたか？」

「いや。昨夜も普通に飲んでたんだが…」

社長の話題になると、吉本はさっと表情を引き締めて首を振った。昨夜、吉本は大岡と共に、社長と飲みに行き、埴輪の娘が訪ねてきたという話をされたと聞いている。やはり、それがこたえていたのだろうか。お互いがそうは言い出せないうちに、車は市民病院に着いていた。

道順など一切説明しなかったのに、病院名だけで連れてきてくれたジョージに厚く礼を言い、吉本と共に車を降りる。目の前は正面玄関だったが、どこを訪ねたらよいのか迷う瞳と吉本を先導してくれたのはポールだった。

「あちらに案内所があります。救急車で運ばれたのであれば名前で問い合わせれば、どこへ行けばよいか教えてくれると思いますよ」

「そうですね。ありがとうございます」

動揺している瞳たちとは違い、ポールは冷静だった。礼を言い、吉本と共に案内所を訪れ、社長の名を告げた。搬送された社長はまだ救命救急室にいるとのことで、場所を聞いて足早に向かう。

廊下の角を曲がると、離れた場所にあるベンチに埴輪が座っているのが見えた。吉本が「埴輪さん！」とかける声に反応して立ち上がる。

「吉本さん…瞳くん」

「社長はどうだい？」

「今、検査に行ったよ。奥さんがつきそってる。どうも心臓のようだ」

一緒にいた埴輪の説明によれば、社長は昼食を食べている途中に急に胸が痛いと言い始め、椅子にも座っていられなくなって、倒れたのだという。慌てて救急車を呼び、病院で医師に診《み》てもらったところ、初見では心臓ではないかということで、検査を受けているらしかった。

「あの人、心臓が悪いなんて言ってたかい？」

「前に手術したのは腸だったろ。奥さんも心臓ってのは全然考えてなかったらしい」

「意識はあるんですか？」

「ああ。病院に着く頃にはずいぶん治まってね。迷惑かけてすまないって謝れるくらいになってた」

それだけでもほっとし、なんとか無事でいて欲しいと話していると、検査につきそっていた社長の妻の敦子が戻ってきた。集まっている三人に礼を言い、今のところ命に別状はないが、検査に時間がかかりそうだと現状を告げた。

「検査結果が出るのに大分かかるみたいなのよ。それにしばらくは絶対安静で、入院が必要だって。迷惑かけて悪いんだけど、ここは私がついてるから、工場の方を頼めるかしら。何かあったらすぐに連絡します」

「そうだな。大岡さん一人じゃ何もできないし、瞳くん、戻ろうか」

「はい。埴輪さんも…」

「俺は定食屋にトラックを置きっぱなしで来てるから、取りに行くよ」

敦子の話を聞き、三人で話し合って、工場へ戻ることにする。正面玄関前にタクシー乗り場があるので、そちらへ向かいながら、声を潜めて話し合った。

「しばらく入院しなきゃならないだろうな。取り敢えず、納期を確認して…埴輪さん、近藤精機の方はどうだったんだい？」

「来週には見積もりが出るって言ってたよ。それより、コーヨーの方が気になるな。社長が話せるような状態になったら、予定を確認しよう」

「あと、関東機工の納期も気になりますね。月末のやつがGWの関係で早まるって社長から聞いてましたけど…」

普段、納期や納品数量の管理などはすべて社長が行っている。いざとなっても他に代われる人間などいない零細企業では、一人欠けただけでもその影響は大きい。改めて、その大変さを痛感しながら、取り敢えず、工場で落ち合って検討しようと決めた。

行き先が違う埴輪が先にタクシーに乗り込み、病院を出ていく。次の車が来ていなかったので、しばらく待つか、電話して呼ぶかと瞳が吉本と相談していると。

「穂波さん」

「え…っ」

背後から聞こえてきたポールの声にびっくりして振り返る。案内所を訪ねるように助言してくれたポールはその後、帰ったのだと思っていた。彼の背後にはジョージが運転する黒いセダンが見え、まさか待ってくれていたのかと驚く。

「ポールさん…！　どうして…」

「お送りしようと思って待っていました。もういいのですか？」

「はい。取り敢えず、命に別状はないようで…奥さんがつきそってくれてますので、俺たちは会社に戻って仕事を…」

では送ります…と言い、ポールは背後の車に合図を出した。すぐに車が瞳たちの前に横づけされ、後部座席のドアを開けて乗るように勧めてくれる。吉本は愛想よく笑い、ポールに礼を言って乗り込んだが、瞳は複雑な気分で彼を見た。

「ポールさん。こんなに親切にしてもらっても…」

「わかっています。私の個人的な思いでしていることですから、気になさらないでください」

ポールからは仁を説得するように頼まれている。借りを作ってしまうように感じて、戸惑う瞳に、彼はにっこり笑って首を横に振る。瞳が「ありがとうございます」と頭を下げて車に乗り込むと、すぐに走り出した車内でポールは社長の容態を尋ねた。

「それが、心臓が悪いみたいでね。意識もあるし、話せるようなんだが、しばらく安静が必要で入院しなきゃいけないようなんだよ」

「そうですか」

吉本の答えを聞き、ポールは真面目な顔で頷く。年齢を重ねているだけに、吉本は病気に詳しい。吉本があれやこれやと知識を披露しているうちに、渋澤製作所に着いていた。

「お二人とも、世話になりました。ありがとう」

車を降りた吉本はポールとジョージに深々と頭を下げ、先に工場へ戻っていった。瞳はポールに改めて礼を言い、世話になったのに申し訳ないと思いながら、途中になってしまった仁の話をしようとした。しかし、ポールに制されてしまう。

「その件はまた落ち着かれてからでいいです。また…お会いできますか?」

「でも……」

「隠れて会っているのを知られたら、仁に怒られるでしょうか」

言い淀《よど》んだ瞳に、ポールは軽い調子で言い、笑みを浮かべた。つられて笑う瞳を見て、彼は頭を下げ、助手席へ乗り込む。車はすぐに発進し、駐車場を出ていった。入れ違いに埴輪が運転する渋澤製作所のトラックが戻ってきて、瞳は大きく息を吐いて、気持ちを切り替えた。

入院することになった社長の不在をどう乗りきるか。当初は埴輪が辞めてしまうのではと懸念されていたのだが、突然違う危機に直面することとなり、渋澤製作所は対策に追われた。工場の機械を稼働させながら、三人で相談してわかっている納品スケジュールに合わせて予定を組んだ。いつもは社長が受けている取引先からの電話などにも対応しなくてはならず、慌ただしくしているうちに、あっという間に終業時刻を過ぎていた。

六時近くになり、敦子から連絡が入った。容態は落ち着いたものの、一週間は安静が必要で、手術についてもまだ検討が続いているとの話に、吉本と大岡が帰りがけに様子を見に行くことになった。

「じゃ、よろしくお願いします。俺と埴輪さんは明日、伺いますからってお伝えください」

「ああ、悪いね。戸締まりだけ、よろしく頼むよ」

電話で呼んだタクシーに乗り込む吉本と大岡を見送り、瞳は埴輪と共に後片づけを終えた。すべての電源を落とし、各所の戸締まりを確認して、二人で外に出る。時刻は七時近くになっており、瞳を心配した埴輪が声をかける。

「瞳くん、遅くなっちゃったが大丈夫か？　弟たちが待ってるんじゃないか」

「大丈夫です。もう中学と高校ですから。腹を空かせてるくらいで、死ぬことはありません」

「そうだな」

真面目な顔で答える瞳に、埴輪は少しだけ笑った。それでも埴輪の顔は固く、心配になった。一緒にいた時に倒れた社長を心配しているのはわかるが、生死に関わるような状態ではないと連絡を受けている。埴輪が固い表情でいるのは他に理由があるような気がした。

「…埴輪さん。大丈夫ですよ。社長は入院してるんだから、かえって安心です。何かあったらすぐに診てもらえるじゃないですか」

「……ああ。そうだな…」

励ますように言う瞳に頷き、埴輪は自転車の鍵を外す。そのまま帰っていくのかと思ったが、動きを止め、瞳を見た。

「…瞳くん…」

「はい？」

「社長が倒れたのは…俺のせいなんだ」

どきりとする台詞を聞き、瞳はじっと埴輪を見返した。どういう意味で言ってるのか、測りきれなくて、何も返せないでいると、埴輪が先を続ける。

「うちの娘が社長に会いに来たみたいでね。この前…瞳くんにも話したが、浜松に来て欲しいって件だ。社長に俺を説得するように頼んだらしいんだ。……それで…社長は俺に…娘のためにも浜松に行ってやってくれって…会社は自分がなんとかするから大丈夫だって……そう言ってる途中に倒れたんだよ」

「そう……だったんですか…」

娘が訪ねてきた話は吉本から聞いており、おそらく、社長が埴輪と出掛けていったのも、その話をするつもりだからだろうと想像はしていた。だから、埴輪の話はなるほどというものだったが、その途中で倒れたというのは…。

なんともいえない顔になる瞳を見て、埴輪は皺の浮かんだ顔に苦笑いを滲《にじ》ませる。

「社長らしいだろ」

「え…」

「大丈夫だって言いながら、倒れるって」

埴輪が言う意味が、六年も渋澤製作所で働いている瞳にはよくわかって、似たような苦笑を浮かべる。社長は決して…と言いきってしまうのも失礼ではあるが…頼りがいのある人物ではない。人がよくて、貧乏くじを引くことも多い。おっちょこちょいで、社長なのにたまに大きなドジをやらかす。

それでも、渋澤製作所に勤める皆が社長についてきたのは、そういう人間だからこそ、だ。ここには自分がいなきゃいけないと思わせてくれる。居場所をくれる。

「…本当に…社長らしいですね…」

深く息を吐いて同意する瞳に、埴輪は「なあ」と言って、自転車のハンドルを握った。

「気をつけてな」と言って、先に駐輪場を出て行く背中に、「お疲れ様でした」と声をかける。

空を見上げればもう真っ暗で、星も見える。仁が心配しているかもしれない。瞳はいろんな気持ちでいっぱいになっている心を抱えて、家路を急いだ。

スーパーひよどりに寄るとさらに遅くなってしまいそうだったので、家にあるものでなんとかしようと、帰り道の途中、メニューを考えた。薫はもう帰っているだろうし、渚も帰宅しているかもしれない。絶対、派手に空腹を訴えてくるだろうから、手早く作れるものがいいだろう。

ご飯を炊くよりも、麺類《めんるい》か。先にラーメンを食わせて、その間にご飯を炊くという方向でいくか。そんな段取りをつけた瞳は、自宅に到着すると急いでガレージに自転車を停めた。

薫と渚の自転車があり、両方とも戻っているのがわかる。

「ただいま！　ごめん、遅くなった」

玄関に入って、二階に呼びかけるようにして帰宅を告げると、すぐに足音が聞こえた。姿を現したのは仁で、その格好を見て、瞳は目を丸くする。

「お帰りなさい、瞳。遅かったですね」

「…なんだよ、それ」

事情を話すよりも先に聞いてしまったのは、仁が自分のエプロンを着けていたからだ。薫お手製のエプロンは、仁が斬新だと誉めたものである。

「あ、ごめんなさい。ちょっと借りました」

「いいけど…。あ、晩飯の用意、してくれてるのか？」

「はい。今、皆で作っているところです」

用意をしてくれているのはありがたいが、今、皆で、というところがひっかかった。「ありがと」と言う声もつい小さくなり、急いで靴を脱いで二階へ上がる。階段の途中から、渚と薫の会話が聞こえてきた。

「…味噌ってどこだっけ？」

「冷蔵庫。渚、早くしてよ。仁くん、戻ってきちゃうじゃん。自分でやるって言い出したら長いよ」

「ＯＫ、ＯＫ。…あ、これだ。ほら」

「まったく、仁くんにやらせてたら飢え死にしちゃうよ。兄ちゃんがのろまだって言ってたの、本当だったんだから」

短い会話だけでもどんな状況であったのかが想像できて、瞳は小さく溜め息をつく。台所へ顔を出し、「ただいま」と告げると、背を向けていた二人は揃って振り返った。

「お帰り、兄ちゃん。ナイスタイミング。今、できたとこ」

「お帰り。天ぷらにしたけど、よかった？」

味噌を溶きながら聞いてくる薫に「十分」と答えて、あたりを見回す。仁と、渚、薫という三人で、まともに料理ができるのは薫だけだ。そして、薫は揚げ物大臣でもある。カウンターの上に載せられている大皿には、天ぷらが山と積まれていた。

「あっ…薫。もう味噌を？」

「当たり前じゃん。いい加減、野菜も煮立ってくたくただよ。仁くんがさ、みそ汁を作ってくれるって言うんで、お願いしたのはいいんだけど、マジ、手際悪いんだって。俺、これだけの天ぷら揚げてる間、ずっとやってたのに、まだできてなかったんだぜ」

薫の嘆きを聞いた瞳が呆れた顔つきで仁を見ると、慌てたように「違うんです」と弁明する。その様子がおかしくて、瞳は笑って、着替えてくると言って台所を出た。

着替えを済ませて戻ると、ダイニングには夕食の準備が整っていた。天ぷらにみそ汁、ご飯。冷蔵庫にあった食材を片端から揚げただけという闇天ぷらだが、十分な食事だ。四人で手を合わせ、早速食べ始める。

「ほら〜。仁くんが遅いから、冷めちゃったじゃん。天ぷら」

「ごめんなさい…」

「冷めても天つゆ浸したらいけるって。うまいよ」

「……薫。豚肉、全部使ったな？」

「だ、だって、タンパク質、それしかなくってさ！」

他はほぼ野菜なんだから…という薫に、天ぷらは野菜が主役だと瞳は言い張る。たまには海老《えび》も食べてみたい…と呟いた渚に、仁が真面目な顔で買いに行きましょうかと誘う。四人で囲む食卓は賑やかで、山盛りの天ぷらもあっという間になくなった。


予定外に帰りが遅くなったにも拘わらず、慌てて夕飯の支度をせずに済んだのは、とても助かった。その上、洗濯物も取り込まれており、風呂の用意もしてある。

「瞳。片づけはいいですから、先にお風呂に入ってください。遅くまで働いて疲れたでしょう」

「いや、働いてたっていうか…。その、いろいろあって…」

「兄ちゃん、ほんと、俺たちでやっとくからさ。風呂、入ってきなよ」

渚や薫にも勧められ、瞳はありがたく厚意を受け取って、片づけも任せて浴室へ向かった。

熱い湯に浸かると、思わず溜め息が漏れる。長い一日だった。社長の体調は大丈夫だろうか。埴輪はどうするのだろう。渋澤製作所はどうなってしまうのか。

いろんなことが頭にばらばらと浮かび、一つのことを突きつめて考えられない。自分ではどうにもできないとわかっているからかな…と思い、瞳は「あ」と声をあげた。

「そうだ…」

そういえば、ポールもやってきたのだ。仁にどうやって伝えようかと考えながら風呂から上がり、浴室を出ると、渚と薫がタイミングよく二階から下りてきた。

「お先に。お前らも順番に入って早く寝ろよ。また寝坊するなよ」

「わかってるって。渚、先、入ってよ。俺、宿題がまだだから」

「わかった」

弟たちに「お休み」と告げ、瞳は二階へ上がる。キッチンは綺麗に片づいており、居間では仁が渚のシャツにアイロンをかけていた。

「悪いな。そんなことまでさせて」

薫はジャージで登校することが多いが、渚は毎日制服を着るので、洗濯したシャツにアイロンをかけなくてはいけない。それまで代わってやってくれる仁に申し訳ない気分を抱きながら、側に腰を下ろす。

「いえ。これは自信がありますし」

「そうだな。俺より仁の方がずっと上手だと思う」

「料理は難しいです」

真面目に言う仁を笑い、瞳はアイロンをかけ終えたシャツを畳んだ。仁がいると、弟たちが進んで動いてくれるような気がして、「ありがとうな」と礼を言う。

「何がですか?」

「飯とか…洗濯とか掃除とか。いろいろやってくれて、ホントにありがたい。お前がいると、あいつらもよく働くし。いつもなら、俺が帰ってくるまで、腹空かせたまんま、うだうだしてるはずだ」

「渚も薫も、瞳に甘えていますからね」

「まったくだよ。俺より、図体大きくなってんだから、なんでもできていいよな。…あ、そういえば、今日、ポールさんが職場に来たんだ」

アイロンを片づける仁に、瞳は何気なく告げた。どうやって話そうかと考えたのだが、かしこまって報告することでもないように思えた。ついでみたいに話す瞳を見て、仁はさっと顔つきを変える。

「ポールが…?」

「ああ。俺にお前を説得して欲しいって」

「…瞳の職場を訪ねていったんですか⁉　ごめんなさい…。そんな迷惑をかけるなんて…」

「いや、迷惑なんてかかってないから。それに、世話になったのは俺の方で…」

「世話?」

「…実は…」

社長が倒れ、救急車で運ばれた病院までポールが送ってくれたのだと、手短に説明する。

帰りが遅くなったのは社長が倒れたせいだったのだが、渚たちに遅くなった理由を聞かれた時も、思うところがあって話していなかった。瞳の話を聞いた仁は、酷く心配そうな表情になって、病状を尋ねる。

「倒れたって…大丈夫なんですか?」

「今のところ、命に別状はないって感じだけど…。しばらく安静が必要で、入院するみたいだ。検査の結果次第では手術とかも…考えなきゃいけないかもしれないらしい。だから、帰りが遅かったんだよ」

「そうだったんですか…」

「お昼休憩の時にポールさんが来てさ。話してる途中に社長が倒れたって連絡が入ったんだ。俺と吉本さんで病院に様子を見に行こうって話になったんだけど、足がなくて。タクシーでも呼ぼうと思ってたら、ポールさんが送ってくれたんだよ。帰りも待っててくれたんだぜ」

「あんな奴でも瞳の役に立てたんですね。よかったです」

「あんな奴って…」

仁は穏やかな笑みを浮かべているけれど、言葉には棘《とげ》がある。仁がポールを迷惑に思うのはわかるが、露骨すぎやしないかなと思って、瞳は困った気分で頭を掻いた。

ポールが自分に説得を頼みに来る気持ちも理解できる。真剣な顔で話していたポールを思い出しながら、瞳は仁を優しく窘めた。

「ポールさんだっていろいろあって大変なんだと思うぞ。そんなに邪険にしてやるな」

「…どうしてポールの肩を持つんですか」

「そういうわけじゃないけど、ポールさんの気持ちもわかるんだよ。ポールさんは仕事でお前を連れて戻らなきゃいけないのかもしれないけど……仕事とかって、代わりのきかない人っているんだよ。確かに」

社長が倒れてみて、仁がどうしても必要だというポール側の気持ちがわかった気がした。社長がいなくなれば、渋澤製作所はなくなってしまう。遠い日本まで来て仁を捜し出したのは、仁がどうしても必要な人間だからだ。

「俺なんかさ、いくらでも替えがきくけど…」

「な…何を言ってるんですか⁉　瞳の代わりになれる人間など、世界じゅう捜したって、どこにもいやしませんよ⁉」

何気なく口にしただけなのに、仁が真剣に食いついてきたので、思わず引いてしまう。

「そういう意味じゃなくて…」と前置きをして、瞳は苦笑を浮かべて説明する。

「俺はお前が何してたのか、よく知らないけど、お前にしかできない仕事だったんだろう？　だから、ポールさんだってこんなとこまで捜しに来たんだ。…ポールさん、いい人だし…できれば、…頼みを聞いてあげられたら……」

「…俺に……戻れと…？」

瞳が声を小さくした先を繋ぐように、仁は深刻な顔つきで尋ねた。絶望的な表情があまりに大仰な感じで、瞳は思わず苦笑を浮かべた。首を横に振り、先を続ける。

「…ポールさんと話してて……やっぱり、俺はお前が帰ってきてくれて嬉しいんだって、わかった。側にいて欲しいって…思ってるんだ」

「…瞳……」

「だから…ポールさんの頼みも聞けなくて……、だから、申し訳なく思って…」

ポールはいい人で、親切で、真剣に頼まれると情に流されてしまいそうになるけれど、やっぱり、無理だった。仁がまたいなくなるなんて。

「最初は…今さら、どの面下げて戻ってきたんだって思ってたんだ。だから、出ていけとか…意地悪もたくさん言ったけど、ポールさんがお前を連れ帰ってしまったらって思うと、足が竦むんだ。またいなくなったらって…」

「瞳。言ったでしょう？　俺は二度と、どこにも行きません。ずっと瞳の側にいます」

間近で誓ってくれるのが嬉しくて、瞳は笑みを浮かべる。約束も忘れ、思い余ったように抱きついてくる仁の背中に手を回し、大きく息を吐いた。

仁の温かさ、匂い。ああ、やっぱり、自分には必要だなあとリアルに確認できる。

「…お前がいてくれると…俺はすごく安心できるんだ。…たぶん…昔に…父さんや母さんが生きてた頃に戻ったみたいな感じがするからだと思う…。……あれから、俺はいろいろ大変で…毎日を過ごすので精一杯で、ほっとするとか、そういう感覚を味わったことってなかったんだ」

「……瞳……」

「でも……今は、家に帰ってきて、お前の顔見ると、…不思議だけど安心するんだよな。刷り込みってやつかな」

自分が一番幸福だった頃の記憶に、仁は欠かせない存在だった。両親と弟に囲まれ、安穏と学校に通っていた。そこへ現れた仁はいつの間にか家族に溶け込んで、その上、自分を「愛してる」なんて言い出した。

戸惑いはしたものの、ほだされるように受け入れて、秘密の恋に溺れた。気になっていたのは、家族にバレはしないかということだけで、他にはなんの不安も苦労もなかった。しあわせな家庭と、穏やかな時間と、甘い恋と。すべてを手に入れていたあの頃の自分は、逆に幸福だと気づけていなかったような気がする。

仁がいなくなり、両親を失って、…けれど、自分を不幸だと思わなかったのは、そんな余裕がなかったからだ。必死で毎日を送って、今、再び仁が側にいてくれるのが、どれほどしあわせなのか、日を追うごとに実感している。

「…本当は…俺としてもいろいろ思うところはあるんだ。前も悩んでたけど…俺たちは男同士だし…。こんなの、誰にも話せない関係だし…。…なのに、俺に安心をくれるのは…お前だけなんだよ」

呟くように言う瞳を、仁は抱きしめる。背中に回した腕にぎゅっと力をこめる仁に、瞳は「痛い」と告げた。

「…あ…ごめんなさい」

「優しくしろよ」

慌てて離れる仁に苦笑して、瞳は自分から彼の頬に触れた。緩くウェーブを描く髪へ手を伸ばし、柔らかいそれをくしゃっと握りしめる。

「…ポールさんには申し訳ないけど…お前を連れ帰られるのは困るんだ」

「瞳が申し訳ないなんて、思う必要はありません」

「……仁…」

「はい」

「前みたいに……いなくなったりしないって…約束してくれるか?」

仁は何度も、ずっと側にいると言ってくれている。それでもまだ、言葉が欲しかった。すぐに戻ってきます…なんて言葉で、六年もいなくなってしまった過去が、自分の心を実は傷つけていたのだとわかる。

少し掠れた声で、まっすぐに見つめて尋ねると、仁は静かに唇を重ねた。触れるだけの口づけをしてから、間近で「約束します」と答える。嬉しくて、微笑んだ唇を再び奪われ、瞳は広い背中に手を回した。


何度も、甘いキスを繰り返す。長い口づけは瞳の身体を熱くして、自ら求めるような仕草を見せ始めるまでに時間はかからなかった。

「…ん……仁……」

「…はい…?」

「向こう、行こう」

ここはまずい…と訴える瞳に仁は頷く。渚と薫は一階へ下りていったけれど、急に上がってこられたりしたら隠れようがない。ソファに凭れて仁の口づけを受け止めていた瞳は、覆い被さっていた身体が離れると、小さく息を吐いて立ち上がった。

居間の隣には瞳が自室として使っている部屋がある。ふらふらと覚束《おぼつか》ない足取りで部屋へ入ると、後ろをついてきた仁に背後から抱きしめられる。

「瞳…」

「…ドア、閉めろよ」

瞳の指示を聞き、仁は片手を伸ばして扉を押す。パタンと音を立ててドアが閉まると、瞳は仁の方へ向き直った。抱きしめてくる仁に身を任せ、小さな声で注意した。

「前から言ってるけど……渚や薫には絶対、知られたくないんだ。だから、気をつけろよ」

「わかってます」

「…わかってるとか言って……お前は当てにならないんだよなあ」

当然のように即答するけれど、仁のうっかり発言にはいつも冷や冷やさせられる。微かに眉をひそめて呟く瞳の唇に、仁は軽く口づけて、約束を繰り返した。

「瞳の言うことをちゃんと守りますから」

「つもりはある?」

「つもりだけじゃなくて」

本当です…と続け、仁は瞳の左手を持ち上げる。その薬指に口づけて、正面から瞳を見つめた。

「誓います」

仁はいつも自分に真摯な気持ちを向けてくれる。それだけは間違いなくて、瞳は笑みを浮かべた。そっと仁の肩に顔を預け、背中に手を回して、目を閉じる。自ら身を委《ゆだ》ねて、抱き合える相手は仁だけだ。

「……お前がいなかった間に恋人でも作れればよかったんだけど…」

「…⁉」

ふと、思いついたことを口にすると、仁は抱きついている瞳を離して、顔を覗き込んだ。

その表情は真剣で、眉間には深い皺が刻まれている。

「瞳っ…？　まさか…俺以外に……」

「だから。作れたらよかったって言ってるじゃん。…そんな余裕、あったと思うか？」

「そ…そうですよね…。け…けど、どういう意味ですか？　俺が物足りないとか…」

「お前がいなくなった後、父さんと母さんが事故に遭うまでの間に、ちょっと考えたんだよ。お前はすぐに戻ってくるって言ったけど、ちっとも帰ってこないし…。こんなふうにふいにいなくなる奴なんか、誰が待っててなんかやるもんかって。可愛い彼女とか、俺にも作れるかなって」

「か…かわいい…かのじょ…」

「そんな仕返しを考えてたバチが当たったのかなあ…」

驚愕《きょうがく》の告白を聞き、青くなる仁をよそに、瞳は再び広い胸に凭れかかる。愛していますと言われたのも、愛し合うような間柄になったのも、仁が初めてだった。秘密にしなくてはいけない関係だったけれど、瞳にとっては大切で特別な相手だった。

それを突然失い、怒りと哀しみで、くだらない仕返しを考えたりしたのだ。可愛い彼女か。自分で口にした言葉を心の中で繰り返し、瞳は大きく息を吐いた。具体的な想像がさっぱりできない自分は…。

「瞳は……やはり、女性の方がいいんですよね…」

「…わからない」

「でも…俺が無理強いをしてるだけで…」

「お前以外の誰かを好きだと思ったことがないんだ」

もしも、両親が生きていて、元通りの生活を送れていたとしても、可愛い彼女なんて作れなかっただろう。きっと……仁を待っていたに違いない。顔を上げた瞳は、信じられないような顔で自分を見ている仁に口づける。

こんなふうに…仁以外の誰かにキスをするなんて、想像もつかない。

「……俺には…お前しか、いないんだろうな」

「瞳…」

瞬きもせずに見つめる仁の目は潤んでいるようで、瞳は苦笑した。泣くなよ…とからかうように言うと、力強く抱きしめられ、そのままベッドへと押し倒された。

「っ……だから！　優しくしろって言ってるじゃんか。お前、でかいんだから」

「…ごめんなさい、瞳。でも…」

「…全部、お前次第だ。今度いなくなったら……さっき言ったことを、絶対、実行するからな。俺はなんとしても彼女を見つける」

「…絶対、そんなことはさせません」

きっぱりと言いきり、仁は再び瞳の唇を塞いだ。口内の奥深くまで探るような、深いキスを何度もして、瞳の体温を上げていく。夢中になって口づけていると、皆の目を盗んで、終わりのないキスをしていた昔に戻ったみたいな気分になる。

「…ん……っ……ふ……」

「瞳……愛しています…」

「…は…あ…っ……仁…」

口づけの狭間《はざま》で愛を告げる仁の名を呼び、瞳は笑みを浮かべる。緩んだ頬にもキスをして、仁は瞳の身体を確かめるように、余すところなく触れる。大きな掌《てのひら》が愛おしげに動き回るのが、とても幸福に感じられて、瞳は仁の首に腕を回した。

「…ん……っ…」

自ら身体を浮かせ、パジャマを脱がせてくる仁の手を助ける。風呂上がりで濡れていた髪はもう乾いた。けれど、少し抱き合っただけで身体は熱を持ち、しっとりと湿り気を帯びている。

脇腹から胸へ、這《は》い上がってきた仁の手が突起に辿り着く。長い口づけで反応しつつあったものは、悪戯に動く指先によって、形を変える。

「っ……ふ……っ…」

つまむようにして弄られ、密《ひそ》やかな快感が走り、鼻先から甘い声が漏れた。仁が戻ってきてから、口づけは重ねたけれど、身体に触れられるのは初めてだ。久しぶりに味わう甘い快楽は、瞳の身体を急速に熱くしていく。

「…ん…っ……は…あっ…」

突起を嬲《なぶ》られるだけでもとても感じてしまって、口づけが解かれると、瞳は熱い吐息をこぼした。かつてはお互いが十代と若かったせいもあり、唇が触れ合うだけの軽いキスから、身体を繋げるような行為に至るまで、長い時間はかからなかった。

もう大人になって、勢いと好奇心が理性よりも勝っていたあの頃とは違う。なのに、仁に触れられることを望んでいたかのように、すごい速さで熱くなっていく身体は、意識しないところで飢えていたのだとわかった。

それを恥ずかしく思う気持ちもあり、瞳は躊躇いを含んだ声で「仁」と呼ぶ。

「……なんですか?」

顔を上げた仁と目が合うだけで、身体の奥がずくりと疼《うず》くように感じられる。瞳は小さく息を吐き、電気を消してくれるように頼んだ。部屋の明かりは灯っていなかったが、ベッドサイドにあるライトを、仁がいつの間にか点《つ》けていた。

「…瞳を見ていたいのに」

「恥ずかしいんだって…」

「二人きりなんだから、恥ずかしく思うことなど、何もないです」

苦笑して言いながらも、仁は瞳の要求を聞き入れて、ライトを消す。再び、覆い被さって口づけると、パジャマの下衣に手をかけた。

「…ふ……ん…っ……」

下着も一緒に脱がされ、瞳は息を飲む。裸になったのを心もとなく思うよりも先に、仁に昂《たかぶ》りかけているものを握られていた。

「あ…っ……仁…」

戸惑いを覚えて身体を捩《よじ》ろうとすると、唇を奪われる。情熱的なキスに夢中にさせられることで、弄られる恥ずかしさも薄れていった。

「っ……ん…っ…」

硬くなりつつあった瞳自身は仁の愛撫《あいぶ》によって、一気に加速度を増して形を変えていく。仁がいなくなってから、快楽を求めて自分で触れることもほとんどなかった。とうに忘れていたはずの感覚を、身体がしっかり覚えているのに驚く。

優しく愛撫されるのが気持ちよくて、瞳は口づけを深くした。もっとと求めるように身体を伸ばして、仁の頭を引き寄せる。柔らかな髪に触れ、仁の口内へ舌を差し入れる。

「ん…っ……ふ…」

迎えてくれる仁の舌と絡め合わせ、こすれ合う感触で快楽を得る。仁の手で扱《しご》かれているものが受け取るそれと合わさり、増殖して、瞳の身体を浸食していく。

「…っ…は……あ……」

口づけを解かれ、惜しく思って目を開ける。仁の笑みが見えて、瞳は吐息をこぼして、彼の首元に顔を埋めた。

甘えるように仁の肌に唇を寄せる。軽く吸い上げ、舌を這わせているだけでも、口づけとは違った快感を覚えているのがわかった。

「あっ……ん……や…っ…」

身体を屈めた仁が、手で愛撫していたものを口に含む。濡れた、温かな感触に反応して、瞳は身を震わせる。口で愛撫されるという特別な行為は、仁と抱き合うのに夢中になっていた昔を思い出させた。

「…っ…ん……あ…仁……っ」

知識としては知っていても、自分が経験することが想像もつかなかった行為に、瞳はひどく戸惑った。仁とキスをするだけでもいけないと思っていたのに、こんなことまで…と、自分を苛《さいな》みながらも、もたらされる快感に溺れた。

「…や……っ……だめ…っ…」

身体を触られるだけでも、鼓動が速くなる。それが特別な場所ならなおさらだ。その上、口で愛撫されて、瞳の理性は一気に形を失《な》くしていく。

「ん…っ……ふ…っ…あ」

昂ったものを口内に含まれたまま、舌を使われる。唾液《だえき》で濡らしたものを唇で扱かれ、敏感な先端を舌先で弄られる。たまらなく感じて、ぎゅっと下腹に力をこめるのだけど、達してしまいそうな心もとなさは増えていくばかりだ。

「仁……」

これ以上、口で愛撫され続けたらいってしまう。瞳はそれを恐れて仁の名前を呼び、緩く髪を摑む。掠れた声で「もう…」と訴える瞳を、仁は無視して愛撫を続けた。

「っ……ん……や…っ……ほん…とに……っ」

無理だと言いたくて、声をあげようとするのだけど、うまく言葉にならない。とぎれとぎれに漏れる声はどれもが甘く、せつない響きに満ちている。仁の髪を摑む手に力をこめると、片方の脚を肩に抱えられた。

「あっ…」

同時に、後ろを指先で弄られる。微かに触れられただけなのに、身体が大きく震えて驚いた。

「…っ……」

口で愛撫されるのにもすごく感じてしまうが、後ろで覚える快感は桁違《けたちが》いだ。瞳は声も出せずに息をのみ、仁によって高く上げられている片脚を下げようとする。しかし、仁は許さず、瞳自身を愛撫していた舌を、孔《あな》へと這わせた。

「やっ…！」

再び、びくりと身体を震わせた瞳は、仁の愛撫を避けようとして身体を捻る。しかし、両足を押さえ込まれてしまっているから、自由がきかず、どうにもならなかった。

「じ…ん…っ…やだっ……だめっ…」

必死で声をあげ、仁を制する。孔の周囲を這う舌の動きに合わせ、腰がびくびくと動く。仁は後ろを舐《な》めながら、唾液で濡れた瞳自身を掌で扱く。ただでさえ達する寸前だった瞳自身は、あっという間に欲望を破裂させた。

「っ…あっ…！」

高い声をあげ、瞳は身体を竦める。どくどくと溢《あふ》れ出すものを仁は掌で受け止め、瞳の脚を下ろして上半身を起こした。

「…瞳…」

「…っ…やだって……言った……」

「ごめんなさい。でも…瞳はここを舐めると、とても感じるでしょう？」

「っ…」

にっこり笑って言う仁がからかっているわけでないのはわかっている。仁には自分と同じような羞恥心《しゅうちしん》がないのだ。昔も、そういうことは口にするものじゃないと、何度も言った覚えがある。

「…だから…っ…」

「瞳に…気持ちよくなって欲しいんです」

頬が熱くなるのを耐え、注意しようとした瞳は、またしてもストレートな台詞を向けられ、先を続けられなくなった。仁が愛おしげにキスしてきたせいもある。長いキスは素直に気持ちよいと思えるもので、つい夢中になってしまう。

「…っ……ん……」

「……瞳…。…中を…弄ってもいいですか?」

耳元で囁《ささや》かれる声はぞっとするような色気が混じったもので、瞳は半身を震わせる。言葉の意味はわかっていたが、答えられないでいると、仁の指がまた後ろに触れてくる。

「んっ…」

「瞳…力を抜いて」

優しく諭され、瞳は大きく息を吐いた。仁の手に身を任せ、両膝を曲げて脚を広げる。無防備に晒《さら》される孔に、仁の指が触れると、瞳は大きく息を吸った。

「…っ…」

濡れているように感じるのは、自分が出した液のせいだとわかる。ゆるゆると孔の周囲を動かれるだけで、足先が細かく反応する。達したばかりの前にも再び熱さが戻ってくるのがわかり、せつなくなる。

「…っ……ふ……ん…」

快感を望む心と、感じることを怖がっている心がある。どちらが大きいのか、迷うような中途半端な頃が一番厄介だ。瞳は苦しくなって、両手で顔を覆った。

その手に、仁が口づける。啄むようなキスは手を退けろと言ってるみたいだ。瞳が腕を動かすと、仁は唇を重ね、深く…深く、口づけた。

「…ん…っ…」

激しいキスに夢中になっていると、孔の入り口を弄っていた指先が中へ入ってくる。奥まで進み、ぐるりと動かされると、感じる場所に当たって身体が跳ねる。瞳があげる嬌声《きようせい》をキスで消し去り、仁は後ろへの愛撫を続けた。

狭い場所をほぐす指の動きが、瞳の理性を消していく。奥から入り口付近へ、指が行き来するたび、内壁がきゅっと締めつけるような動きを見せる。仁がいなくなってから、一度も弄られることのなかった部分は、とても狭くなっており、指一本を含ませるだけでやっとのように思えた。

「っ…は……あっ…」

「瞳…。辛くはないですか？」

心配そうに尋ねる仁に、瞳は緩く首を振る。違和感がないと言えば嘘になるけれど、過去に覚えた快楽を思い出した身体が、刺激を求めている。仁の耳元に唇を寄せ、瞳は掠れた声で「大丈夫」と告げた。

「…いいよ…」

仁が身体を気遣ってくれるのはわかるけれど、欲しいと思う心が芽生え始めていて、途中でやめられることの方が怖かった。無理をしないで…と言う仁に頷き、再び唇を重ねる。口づけで得られる快感は、息苦しいような感覚を紛らわせてくれる。

「ん…っ……」

甘いキスにも助けられ、瞳の身体は少しずつ戻っていく。初めて繋がった時も、とても苦しかった。それを思い出しても、なお、やめたくないと願うのは快楽が欲しいからだけじゃなかった。

「…ふ…っ…仁……」

愛おしげに抱いてくれる仁が、どれほど大切な存在だったのか、リアルに甦ってくる。忘れようとして……そして、突然の不幸で余裕を失い、本当に忘れてしまった。すぐに戻ってきますなんて言葉に、期待など持てやしないほど、大変だったから。

こんなふうに…もう一度、抱き合えるなんて。

「……瞳。いいですか？」

「ん……」

低い声で確認され、溜め息混じりに頷いた。後ろに含ませていた指を抜き、仁は瞳の脚を高く抱える。柔らかくされた孔に熱い先端を感じ取り、瞳は大きく息を吐いた。

「っ…は…あっ…」

「……苦しかったら…言ってください」

申し訳なさそうな仁の声を聞いて、首を振る。苦しくても辛くても、熱く疼く中が仁を待っている。繋がって…得られる快楽は、自分の身体だけじゃなくて、心も満たしてくれるとわかっているから、瞳は懸命に身体を緩めて、仁を受け入れた。

「…んっ……あ……っ…」

「瞳……」

根元まで挿入した仁がぎゅっと抱きしめてくる。瞳も背中に回した手に力をこめ、長い吐息をこぼした。

「……じ…ん……」

「愛してます、瞳…」

「……ん……」

俺も…とは返せなかったけれど、心も身体も、とても幸福だった。まるで、昔に戻ったみたいに。仁がいた頃、自分がどんなにしあわせだったのか、改めて思い出して、瞳は眉をひそめた。

絶対に、約束を守らせなくてはいけない。強く心の中で思って、「仁」と呼びかける。

「はい?」

「…もう……どこにも行くなよ?」

側にいろよ。仁に抱きつき、肩に顔を埋めたまま告げたのは、目が合ったら泣いてしまいそうだったからだ。声も震えないようにするのが精一杯で、語尾は掠れてしまった。それでも瞳の想いは十分に伝わって、仁ははっきりとした声で「はい」と答える。

「もちろんです。…ずっと、瞳の側にいますから」

力強い口調に安堵《あんど》し、瞳は目を閉じる。ずっとなんて、本当はありえない言葉かもしれない。明日がどうなるかなんて、誰にもわからない。けれど、もう自分は子供じゃないから、強く願う想いさえあれば乗り越えられると信じ、重ねられる仁の唇を受け止めた。

甘い夜を過ごしたって、次の日が休日でなければ、いつも通りに起きなきゃいけない。

「仁、渚を起こしてきてくれ。あいつ、一本早い電車で出るって言ってたんだ」

「わかりました」

お玉で味噌を溶いていた瞳ははっと思い出して、渚を起こすように仁に頼む。えのきと豆腐のみそ汁に、目玉焼き。納豆にご飯。定番朝食を用意し、ご飯を詰めて冷ましてあった弁当箱におかずを載せ始めると、ばたばたと渚が駆け上がってきた。

「しまった！　目覚ましの時間、間違えた！」

「二日続けて寝坊するな！　ほら、朝飯。今日は食っていけよ」

「了解。仁くん、悪い。みそ汁、持ってきて」

シャツのボタンを留めるのもそこそこに、渚はご飯をよそった茶碗を手にダイニングの椅子に座る。納豆をかき混ぜ、ご飯の上に載せて、その上に目玉焼きも載っける。勢いよくご飯をかき込み、みそ汁で流し込むという乱暴な朝食は、五分もかからない。

渚が「ごちそうさま」と手を合わせ、弁当箱をひっつかんで「行ってきます」と階下へ向かうのと入れ違いに、今度は薫が上がってきた。

「兄ちゃん、ごめん！　俺も早く行かなきゃいけないんだった」

「飯、食え」

とにかく、朝食だけ食っていけと命じられた薫も、渚と同じようにご飯を飲むようにして食べる。あっという間に腹に収め、弁当箱を手に出掛けていく。嵐《あらし》のような弟たちがいなくなると、一気に静かになった。

「…ふう。まったく、あいつらは…」

「瞳。朝ご飯にしましょう」

これでようやく落ち着いて食べられる。仁が用意してくれたテーブルに着き、二人で「いただきます」と手を合わせると、つい、笑みが漏れた。

「…なんですか？」

「いや…」

なんでもないと首を振り、瞳は視線を俯かせて箸を手にした。仁を見ていたら、笑ってしまいそうだった。自然と笑いがこぼれるほど、しあわせを感じているって、仁はわかっているだろうか。

そんなことを考えていたら、「もしかして」と声がする。

「しあわせだなって思ってたんですか？」

「…っ？　なんでわかる？」

「俺も同じなので」

驚いて顔を上げると、仁がにっこりと余裕の笑みを浮かべている。参ったなあと思い、瞳は恥ずかしさを紛らわすために、手早く朝食を食べ終え、出掛ける準備をした。

「悪いけど、今日もちょっと遅くなるかもしれないんだ。社長のお見舞いに寄ってくるから」

「わかりました。じゃ、薫が帰ってきたら、一緒に夕飯を用意しておきます」

「あ、二日続けての揚げ物は禁止って言っておいてくれ」

「……薫、泣きますよ?」

真面目な顔で言う仁を笑い、瞳は一緒に玄関を出る。夕飯の用意は無理しなくていいぞ……と言いながら、ガレージから自転車を出した。朝から空には雲一つなく、清々《すがすが》しい空気が満ちている。今日も一日晴れるだろう。

「洗濯物がよく乾きそうな天気ですね」

「ほんと。じゃ、よろしくな」

「行ってらっしゃい」

自転車を漕ぎ始めてすぐに振り返ると、仁が見送ってくれているのがわかって、ほっとする。「行ってきます」と大きな声で言い、手を振る。振り返してくれる仁を嬉しく思い、瞳はペダルを漕ぐ足に力をこめた。


爽《さわ》やかな風を切って走り、渋澤製作所に着くと、すでに吉本と大岡、埴輪の三人が集まっていた。昨日、仕事帰りに吉本と大岡は社長が入院した病院を訪ねている。ちょうど出勤してきたばかりだという埴輪と共に、社長の様子を聞いた。

「思ったよりも元気で、話しぶりも達者だった。手術が必要かどうかは、今日から精密検査を受けて、判断されるらしい」

「心筋梗塞《こうそく》ってやつだな。社長自身、心臓が悪いなんて自覚症状はなかったたって驚いてた。まあ、病気ってやつは倒れて初めてわかるってことが多いからな」

取り敢えず、元気そうだという話にほっとしたが、少なくとも一週間は病院から出られないということだった。吉本たちが社長から聞いてきた予定を元に、残りの人間でなんとか回していかなきゃいけない。早速、機械を動かす準備を始めると、敦子が顔を見せた。

「おはようございます。皆さん、すみません。……瞳くん、ちょっと」

「はい？」

工場を回って一通り挨拶した敦子は、最後に瞳を呼んだ。機械の側を離れた瞳に、仕事が終わった後の予定を聞く。

「社長のお見舞いに行こうと思ってたんですけど…」

「なら、ちょうどいいわ。うちの人が、瞳くんと話がしたいから、来てもらってくれないかって…。仕事が終わる頃、迎えに来るから。私が車で病院まで送るわ」

「…わかりました」

頷きながら、どきりとする心を意識して抑える。よろしくね…と言い残し、病院へ行くという敦子は急いで工場を出ていった。作業に戻り、忙しく働きながらも、自分だけを呼ぶ社長の話というのを考えていた。

あっという間に一日は終わり、終業時刻となる。瞳は迎えに来た敦子と共に、後片づけを皆に任せて、病院へ向かった。昨日は埴輪と二人で見舞うという話をしていたのだが、吉本たちは先に社長から考えを伝えられているのか、三人共何も言わなかった。

工場から病院まで、車だったらさほどかからない。ほとんど何も話さないうちに着いてしまい、正面玄関の前で降ろされる。

「ごめんね、瞳くん。私、ちょっと買い物に行ってくるから。病室は五階の５２１号室よ」

「わかりました」

「すぐに戻ってくるわ」

車を降りた瞳はエレヴェーターで五階へ上がり、案内表示に従って、５２１号室へ向かった。廊下にかけられたプレートで「渋澤」という名前を確認し、中へ入る。二人部屋である５２１号室のドアは開け放たれていた。

「社長…？」

カーテンが閉められているから、どちらに社長がいるのかわからない。瞳が小声で呼ぶと、左側から「ここだ」という声が返される。

カーテンを捲ると、社長はベッドに横たわっており、点滴が繋がれていた。それでも、顔には笑みも見られ、少しだけほっとする。

「大丈夫ですか？」

「悪いな。迷惑かけて」

とんでもない…と首を振り、瞳はベッドの横に置かれた丸椅子に腰かけた。そこで、自分がお見舞いの類を一切持参しなかったことに気づく。

「あ…すみません。俺、お見舞いとか…何も持ってこなかった…。また明日にでも持ってきます」

「何言ってんだよ。お見舞いなんて、こっちが出さなきゃいけないくらいだ」

「入院してるのは社長じゃないですか」

とぼけた台詞を返してくる社長に苦笑し、検査はどうだったのかと聞いた。あんまよくないみたいだ…と答える社長の顔には苦笑いが浮かんでおり、瞳はなんとも言いようがなくて、小さく頷いた。

「まさか…自分の心臓が悪いなんてな。思ってもなかったよ…。瞳くんの父さんが生きてたら、手術してもらうんだが…」

「父は消化器専門でしたから。心臓は専門外ですよ」

「そういうものなのか？」

同じ外科でも専門分野が分かれていると知らなかったらしい社長が、驚いた顔になるのを見て、瞳は思わず笑みを浮かべる。その表情を見て、社長は一つ息を吐いた。瞳くん、と呼ぶ声には真剣な響きがあり、瞳は姿勢を正して「はい」と答える。

「瞳くんには……本当に申し訳ないんだが……」

「……」

続きを口にできず、社長は言葉に詰まる。困った顔でじっと自分を見つめている社長に、瞳は苦笑して、代わりに先を続けた。

「社長。社長が俺に悪いって思うことはないです。うんとお世話になったのは俺の方で…社長にはたくさん助けてもらいました。ありがとうございました」

「…瞳くん…」

「本当は…俺の方が恩返しとかできたらいいんですけど…。力不足ですみません…」

「な…何言ってんだ。瞳くんは本当なら…うちみたいな小さな工場で働いてるような人間じゃないんだから…。…本当なら…瞳くんの父さんや母さんが…生きてたなら…」

今さら、願ってもしょうがないことだ。瞳は苦笑したまま、じっと社長を見ていた。安静を指示されている社長は、ベッドに寝たまま、天井を見つめて大きく息を吐く。

「…埴輪さんの娘さんが…って話は…聞いてるよな?」

「はい。埴輪さんから…聞きました。埴輪さんは行くつもりはないって言ってたんですが…どちらにしても、うちの会社が近いうちに岐路を迎えるのはわかっていたんで、どうしたらいいか…わからなくて…」

「全部、先送りにしてきた俺が悪いんだよ。吉本さんと大岡さんは…もう七十だし、いつ何があってもおかしくない。埴輪さんや瞳くんと三人でって言ったって、埴輪さんだって六十半ばで、俺も六十過ぎてて、どっちにしたっていつまでやれるかわからないのは一緒だ。…埴輪さんの娘さんが心配するのも納得できてね。歳を取りすぎてしまうと、新しい土地にも馴染めないいんじゃないかって」

「…そうですね」

「昨日、埴輪さんといろいろ相談しようと思って、近藤精機に一緒に行ったんだが…向こうで、仕事の話をしてる時に、胸がきゅっと来てね。今思えば、あれが前兆だったんだな。機械の入れ替えで結構な金がかかりそうなんだ。そこまで投資して、あとどれだけ仕事をやっていけるのかとか考えて……それから、埴輪さんに娘さんのところへ行った方がいいって話をしてたら…さらにストレスがかかったんだろうなあ。またぎゅぎゅぎゅって来て…」

昨日、味わった苦しみを思い出しているのか、社長は日に焼けた顔を顰めてみせる。それがまた、身体に悪いような気がして、瞳は心配は無用だと伝えるため、建設的に皆の状況を整理してみせた。

「吉本さんと大岡さんは…どっちにしても引退間近だったし、埴輪さんは娘さんのところに行けます。俺は…弟たちももう大きくなりましたから、どこにだって働きに行けます。…問題は社長だけですよ」

わざとからかうような調子で言うと、社長はほっとした表情に変わる。安静を命じられているせいか、髭《ひげ》の目立ち始めた顔で「大丈夫だ」と自分の将来について話した。

「前から、仕事をリタイアしたら、うちの奥さんの実家で畑でもやりたいなって思ってたんだ。昨夜、二人で話し合って、瞳くんの了解さえ取れれば、会社を畳んでそうしようって決めた」

「そうだったんですか。え…実家ってどこですか?」

「隣町だよ」

敦子の両親はすでになく、兄弟も地元を離れてしまっているので、田畑つきの家が空き家になっているのだと聞き、瞳はそうですかと相槌を打つ。吉本や大岡、埴輪については渋澤製作所がなくなってしまっても、なんとかなるだろうと思えていたが、社長はどうするのか心配だった。年齢的にも社長が先を見据えていたのは当然の話かもしれないが、よかったと安堵できて、すっきりしたような気持ちになれた。

「ただ…取引先のある話だから、すぐにやめられるものじゃないし、俺はこの状態だし、まだまだ瞳くんには助けて欲しいんだ」

「もちろんです。今は…とにかく、社長が元気に退院してくれるのが一番です」

「頑張るよ」

安堵した様子で笑みを浮かべる社長を見ていたら、瞳自身、心の中にあった不安が解けていくような気がした。本当は仕事を失うという大きな不安が生まれたはずなのに、そんなふうに思える自分はちゃんと覚悟ができていたのだとわかる。

社長との話が終わっても、買い物に行った敦子はやってこなかった。元々、買い物に時間がかかる人だと知っている。敦子に送ってもらうよりも、タクシーで帰った方が早そうだと判断し、社長に伝言を頼んで病室を後にした。

病室から正面玄関へ向かう途中、敦子と出会《でくわ》さないかと気をつけていたが、姿は見られなかった。社長に先に帰るという伝言は頼んだし、どうせ明日も会えるからと思い、瞳はまっすぐタクシー乗り場へ向かった。

いつも一、二台、タクシーがいるから大丈夫だろうと思っていたが、タイミング悪く、車は停まっていない。しばらく待とうと思い、ベンチに座ると、ひとりでに溜め息が漏れた。

「……」

もやもやしていた件が片づいてほっとしたのと、これからどうしようという気持ちが、心の中で鬩《せめ》ぎ合っている。渋澤製作所は本当にいい職場だった。でも、高齢者ばかりの職場ゆえ、最初から長くはいられないとわかっていた。

自分が社長に代わって、会社を切り盛りし、新しい人間も雇ったりしてやっていければよかったのだが。どうしても…自信が持てなかったのは、同時に…。

「穂波さん」

「わっ‼」

考え込んでいた瞳は、いきなり背後から聞こえてきた声に驚いて声をあげる。慌てて振り返れば、ポールが立っていた。

「ポールさん！　なんで…ここに…っ？」

「穂波さんと話がしたくて、会社の近くで待っていたのですが、穂波さんが車で出られたので追いかけてきたんです」

「は…はあ…」

ポールは社長が倒れて入院しているという事情も知っている。容態はどうかと聞かれ、瞳は小さく笑みを浮かべて、元気とまでは言えないけれど、大丈夫そうだと答えた。

「そうですか。それはよかった。会社へ戻られるのでしたら、お送りしますが…」

「…でも…」

「ご遠慮なさらず」

話がしたくて待っていたと言うのだから、世話をかけることにはならないだろうと思い、ポールの親切を受けることにした。それに、昨日、途中になってしまった話の続きもある。ポールがスーツの懐から取り出した携帯で電話をかけると、間もなくして、昨日と同じ黒い高級車が車寄せに入ってきた。

ポールは後部座席に瞳を座らせ、その隣に乗り込んだ。静かに発進した車中で、瞳は先に断っておこうと思い、「すみません」と切り出した。

「昨日の話なんですが…やっぱり、俺は…」

「穂波さん。私、いいことを思いつきまして。今日はそのご相談に上がったんです」

「いいこと…？」

仁を行かせたくないので、ポールの頼みは聞けない…と言おうとした瞳だったが、ポールから意外な言葉を聞いて、首を傾げた。「いいこと」と言う通り、ポールはどことなく嬉しそうな表情である。

なんだろうと不思議に思う瞳に、ポールは驚くような提案をした。

「穂波さんたちも仁と一緒にアメリカへいらっしゃいませんか？」

「はあ？」

「つまり、仁は穂波さんと離れたくないのだから、皆さんが一緒に来てくださればいいのだと思いついたんです」

「あ…あのですね…」

「向こうでの生活は我々がすべてフォローします。なんの苦労もかけません。家も仕事も用意しますし、弟さんたちの学校も。是非一緒に、いらしてください」

これ以上の名案はないとでも言いたげに、ポールは意気揚々としているのだが、瞳にはとても頷けない内容だった。頷くどころか、検討すらできない。

「あの…それは…ちょっと、無理です」

「どうしてですか？　何か問題や不安があるなら、おっしゃってください。どんなことでも叶えるよう、努力します」

「いや…そういうことじゃなくて…」

アメリカなんて。この先、観光旅行でだって、行くとは思えないところだ。アメリカだけじゃない。日本から出ることも想像がつかない。自分にはまったく縁のない話だと、瞳はきっぱり断った。

ポールは即座に断られるとは思っていなかったらしく、動揺を隠せなかった。渋澤製作所に着くまでの間、あれやこれやとアメリカでのメリットを挙げていたが、どれも瞳の心を動かせなかった。

高給を約束されたって、贅沢な家や暮らしを約束されたって、今の生活を失くすことは考えられない。両親が残してくれた家で、弟たちとつましいながらも、元気に毎日を過ごすことが一番のしあわせだと、疑いなく思える。

その上、今は仁も一緒にいてくれる。瞳は申し訳ない気分ながらも、ポールの申し出を改めて断った。ショックを受けたポールが息をのむと、車はいつしか渋澤製作所の駐車場に着いていた。

「すみません、ポールさん。ご期待に添えず…」

「いえ……。名案だと思ったのですが……。そうですよね…」

「ポールさん…」

がくりと項垂れるポールには申し訳なかったが、とても考えを変えることはできない。重ねて詫び、車を降りる瞳と共に、ポールも一緒に外へ出た。

「送ってくださってありがとうございました。じゃ、失礼します」

「…あ、穂波さん」

「はい？」

「これからお世話になります。よろしくお願いします」

「？」

これからお世話に…？　どういう意味かわからなくて、ポールに問い返そうとすると、「瞳くん！」と呼ぶ声がする。振り返れば、工場の入り口に吉本と大岡、埴輪の三人が立っていて、手を振っている。

自分を待っててくれたのか。「ただいま」と三人へ声をかけると、背後で車のドアが閉まる音がする。ポールが再び車に乗り込み、窓ガラスを開けていた。

「では、失礼します」

「あ…あの…」

今のはどういう意味だったのだろう。聞き返したかったのだが、車はすぐに発進して行ってしまう。瞳は微かに眉をひそめて、駐車場を出ていく黒い車を見送り、方向を変えて工場へと戻った。

「どうしたんですか？　もう仕事は終わったんじゃ…」

敦子と工場を出る際、ほとんど片づけは終わっていて、もう戸締まりをして帰るという話をしていた。なのに、どうしているのかと尋ねる瞳に、埴輪が小さく笑って答える。

「瞳くんを待ってたんだ」

「……」

少しどきりとしたが、三人の顔を並べて見たら、笑みが漏れた。皆が自分を一番、心配してくれているのがよくわかる。渋澤製作所を初めて訪れた時のことを思い出しながら、瞳は社長から話を聞いたのだと打ち明けた。

「皆さんは…もう、聞いてるんですよね？」

「ああ。実は…昨夜、俺も瞳くんと別れてから病院へ行ったんだよ。社長が倒れたのはどう考えても俺のせいだったし」

瞳の問いかけに頷いた埴輪が神妙な顔で答えるのを聞き、横から大岡が唇をへの字に曲げて言う。

「何言ってんだ。埴輪さんが気にすることはないよ。あの人は性格が悪いんだ。余計なことまでちまちま気にしてるから、ストレスが溜《た》まるのさ」

「それは性格が悪いんじゃなくて、いいって言うんじゃないのかい」

「…大岡さんと吉本さんは…いいんですか?」

年齢的なことだけで、職場を失っても大丈夫だろうと考えていたが、吉本と大岡たちから直接意見は聞いていなかった。静かに尋ねる瞳に、二人は苦笑する。

「もう七十だ。十分、働かせてもらったよ」

「普通は六十で定年だ。社長につき合って今までやってきたが、ようやく決心してくれてほっとしたよ。死ぬまでの自由時間がこれ以上短くなったら敵わない」

「何言ってるんですか」

口の悪い大岡が皮肉めいたことを言うのを聞いた瞳が笑って窘める。二人から埴輪へ視線を移し、娘のところへ行くのかと確認した。

「…ああ。俺のことがきっかけになってしまって…社長にも瞳くんにも、本当に申し訳ないって思ってるんだが…」

「そんなこと、思わないでください。社長も言ってましたけど、俺も先延ばしにしてたところがあるんです。吉本さんも大岡さんも…怒られるかもしれませんが、歳が歳だし、埴輪さんだって社長だって若くないでしょう。けど、俺には会社を引っ張っていくような力はなくて…このままじゃいられないのはわかってたんですが…ここは本当に居心地がよかったので、つい…」

「ああ、まったくだ。居心地だけはよかったなあ。給料は安いが」

「あんたのその一言が、社長の心臓には悪いんじゃないのかい」

「ふん。社長の耳は給料に関する文句は届かないようにできてるんだ。でなきゃ、ずっと以前に倒れてたさ」

「それもそうか」

吉本と大岡のかけ合いに、瞳も埴輪と一緒に笑ったけれど、皆でひとしきり笑うとすっと火が消えたように静かになる。それぞれが思い入れのある職場だ。失うことを納得していながらも、寂しさはなくならない。

「…社長が決めたんだ。俺たちは従うしかない」

「そうだな。まだ…しばらく働かなきゃいけないようだから、頑張らないとな」

「俺もちゃんと片づくまで、娘のところへは行かないつもりだ」

「皆さん、その間に倒れたりしないでくださいね。歳なんだから」

最後に瞳がからかうように言うと、三人は揃って「まだ若いから大丈夫だ」と胸を張る。それがおかしくて、瞳は思いきり笑った。社長に連れられ、初めて渋澤製作所を訪ねて、皆と会った時も、最初は緊張してがちがちだったのに、最後には笑っていた覚えがある。

大変なこともたくさんあったけれど、前だけを向いて歩いてこられたのは、渋澤製作所を居場所にできたお陰だ。改めて、全員に感謝する気持ちを携えて、瞳は次のステップを考えるための決心をした。

真っ暗になった道を、自転車を漕いで、家へ向かう。どこからか花の匂いが漂ってくる。甘い香りがなんの花かはわからない。陽が落ちてからの方が、花の香りって強くなるよね…と話していたのは、亡くなった母親だった。

思いついたことをふいに口にする母親に対し、父親は慎重で、根拠を求めた。そんな発言を聞いたら、花の香りには温度と湿度が関係するのかもしれない…なんて言い出して、調べ始めたりする。

おそらく、渚は父に似て、薫は母に似た。では、自分は？　どっちもかなあ…と思いながら空を見上げると、月が光っている。

「…おお…」

橙色《だいだいいろ》の大きな月は卵の黄身のようだ。思わず見とれていたら、曲がる場所を通り過ぎそうになって慌ててブレーキをかける。急な角度をつけて道を折れると、まっすぐに我が家を目指した。

坂道を上りながら、家にいる皆のことを考える。いつもは渚が一番帰ってくるのが遅いのだけれど、この時間ならもう帰ってきているはずだ。仁は薫と一緒に夕飯を作ったのだろうか。無理はしなくていいと言っておいたけれど、どうなったのだろう。揚げ物は禁止だと伝えてくれただろうか。

いろんなことを思っているうちに、いつしか藪《やぶ》を抜け、家が見えてくる。ペダルを漕ぐ足に力をこめた瞳は、門の前に人影があるのに気づいた。

「……」

仁だ。すぐにわかって、「ただいま」と声を大きくして呼びかけると、人影が反応して手を振る。ますますスピードを速めて、自転車を家の前につけた。

「お帰りなさい」

「どうした?」

「瞳が帰ってくるのを待ってたんです」

にっこりと笑う仁を見て、瞳は苦笑する。いつから待ってたのかと聞くと、さっき出てきたばかりだという答えがあったが、怪しいものだと思った。

「晩飯は?」

「二人は今食べています。俺は瞳と一緒にと思って、帰りを待ってました。今日は薫が帰ってきてから、一緒にスーパーへ行ったんです」

「何にしたんだ?」

「やきそばです。あ、でも、みそ汁は俺が」

「今日は邪険にされなかったのか?」

「ええ。薫が帰ってくる前に作っておいたので」

賢明だと笑って、瞳は自転車をガレージに入れる。自転車を停め、背中からデイパックを下ろす。「瞳」と呼びかけてくる仁を見ると、何か言いたげな顔をしている。

「…どうした？」

「今日…ポールが訪ねていきませんでしたか？」

どうして知ってるのかと驚きながら、瞳は「ああ」と頷いた。仁は申し訳なさそうな表情になり、「すみません」と詫びる。

「瞳に迷惑をかけるなと言ったんですが、聞いてみるだけだからと…」

「…もしかして、アメリカに一緒にって話？」

「ええ。昼間に訪ねてきて、いいことを思いついたって言うから、何かと思ったら、そんな下らない話で…」

「ポールさんも必死なんだと思うよ。…でも、アメリカはちょっと…なあ。……新しい仕事を探さなきゃいけないのは…確かなんだけど…」

実のところ、職を失おうとしている自分にとって、仕事も生活も面倒を見てくれるというポールの申し出は魅力的なのかもしれない。独り言みたいに言うと、仁が怪訝そうに「どういう意味ですか？」と尋ねてくる。

「…いや、実は…社長が会社を畳むって…」

「畳むって……やめるということですか?」

「ああ。社長も六十過ぎてるし、他の従業員も、七十とか、六十半ばとかでさ。いずれ…近いうちになくなっちゃうんじゃないかなとは思ってたんだ。社長、今回倒れたので…考えるところがあったみたいでさ。手術しなきゃいけない可能性もあるみたいだし…」

「でも…会社がなくなってしまったら…皆さん、どうするんですか?」

「俺以外の皆はリタイアしててもおかしくない歳だから。…俺は…もう、あいつらも大きくなったし、どこにだって働きに行ける。まだしばらく、残務整理とかあるんだけど、落ち着いたら新しい仕事を探すよ」

自分の中でちゃんと整理できていたから、仁にも迷いなく話せた。小さく息を吐き、笑みを浮かべる。週末、時間のある時に渚と薫にも話すので、それまでは言わないで欲しいと言う瞳に、仁は深く頷いた。

「取引先とか、似たような仕事のところで雇ってもらえればなあって思ってるんだけど、どこも結構遠いんだよな。やっぱ、車がいるかな」

「瞳」

「ん?」

「大学に行ってください」

何気なく話していた瞳は、真剣な表情の仁に勧められ、目を丸くする。瞳にとっては考えてもいなかった選択肢だった。

大学なんて。もううんと遠い話なのに。

「な…何言ってんだよ。いくつだと思ってんだ？　今さら……」

「瞳には医者になるって夢があったじゃないですか。今からでも遅くはありません。大学に行って、医者になりましょう」

「…それは……もう諦めたんだって。あいつらが大きくなったとはいえ、うちに余裕がないのに変わりはないんだ。父さんや母さんの保険金はあいつらが大学行くために取ってあるけど、それだって足りるかどうかわからない。俺が働かないと…」

「お金ならあります」

「……」

にっこりと笑った仁が、堂々とした態度で言うのを聞いて、瞳は溜め息をついた。仁が相当の大金を持っているのは確かなのだろうが、さすがに頼る気にはなれない。豪華な寿司を買ってもらうのとはわけが違う。

「日本の大学がどういうシステムで、どれくらいの金額が必要なのかわかりませんが、足りないのであれば、仕方ありません。ここでできる仕事を少しだけ、ポールに持ってこさせましょう」

「あのな……」

「いいんですよ。どうせ暇でしょうし。俺がうんと言うまで、隣に住むって言ってますから」

「えっ…⁉」

仁がさらりと言った内容に驚き、瞳は声をあげる。そういえば…ポールは別れ際に不思議な台詞を口にしていた。これからお世話になります…というのは、こういう意味だったのか。

「と…隣って…あのボロ屋敷に？　どうやって？」

「知りません。俺はここで瞳と一緒に暮らすんで、勝手に使えばいいと言っておきました」

いいですよね？　と確認してくる仁の顔には、少しだけ不安が混じっていた。隣へ帰れと言ったのを気にしているのだろう。瞳は苦笑し、「取り敢えず」と口にする。

「先に晩飯にするか。やきそば、あいつらの好物だからな。俺たちの分まで食われかねない」

「すぐに用意します」

瞳の指摘に思い当たるところがあったのか、仁は急いで玄関へ向かう。ドアを開ける背の高い後ろ姿を見ていたら、ふいに、昔のことを思い出した。

両親の葬儀を終えた後、渚と薫を連れて三人で家に帰ってきた。真っ暗な家は、自分の家じゃないみたいだった。不安に思う心は幼かった弟たちにも伝わり、両方から手をぎゅっと握られた。兄ちゃん…と呟く二人に、「大丈夫だ」と力強く言った。俺がいる。俺がいるから。

自分が頑張らなきゃいけないと言い聞かせ、先にドアを開けた。あの時のドアを、今は仁が開けてくれる。

「瞳?」

「……うん」

不思議そうな顔で振り返る仁に、笑って頷く。仁のお陰で、自分は少しずつ時間を取り戻しつつある。そんな実感を胸に、瞳は「ありがとう」と仁に告げて、明るい玄関へと足を踏み入れた。

あとがき

こんにちは、谷崎泉です。「魔法使いの食卓」、いかがでしたでしょうか。読んでくださった方の心に少しでも残るような話であればいいなと願っております。

前々から、三兄弟のしっかり者の長男のお話を書きたくて考えていたのですが、実際書いてみるとなんだか、ご飯ばかり作っているような、実に家庭的なお話になりました…。言い換えれば、所帯じみたお話ではあるのですが（汗）、穏やかな空気感が伝わって、ほっこりした気持ちになっていただけたら幸いです。

このお話に、陸裕千景子先生の挿絵をいただけたのはなかなかの幸運でした。かゆいところに手が届くような細やかな挿絵は、なんだか一つ足りない感じのする私の話を補ってくださいます。ああ、そうそう、こんな感じ…となんの説明もなく伝わるのは貴重だなあとしみじみ思いました。いつもいつも、本当にありがとうございます。

毎度、世話ばかりかけている担当や、読者さまにも、心より感謝しております。いつまでもままならない私ですが、ぼちぼち頑張りますのでよろしくお願いします。

オリオン座の綺麗な朝に　谷崎泉

谷崎泉先生、陸裕千景子先生へのお便り、
本作品に関するご意見、ご感想などは
〒101-8405
東京都千代田区三崎町2-18-11
二見書房　シャレード文庫
「魔法使いの食卓」係まで。

本作品は書き下ろしです

CHARADE BUNKO

魔《ま》法《ほう》使《つか》いの食《しょく》卓《たく》

【著者】谷崎《たにざき》 泉《いずみ》

【発行所】株式会社二見書房
東京都千代田区三崎町2-18-11
電話　03(3515)2311［営業］
　　　03(3515)2314［編集］
振替　00170-4-2639
【印刷】株式会社堀内印刷所
【製本】ナショナル製本協同組合

落丁・乱丁本はお取り替えいたします。
定価は、カバーに表示してあります。

ISBN978-4-576-11153-7

http://charade.futami.co.jp/